龍乃川
龍乃
酒造

龍神様と愛しのハニードロップ

CROSS NOVELS

四ノ宮 慶
NOVEL: Kei Shinomiya

小山田あみ
ILLUST: Ami Oyamada

CROSS NOVELS

CONTENTS

CROSS NOVELS

CONTENTS

龍神様と愛しのハニードロップ

四ノ宮 慶

小山田あみ illustration

【プロローグ】

遠い昔のことです。

白銀《はくぎん》に輝く龍神《りゅうじん》は、雨乞いの生贄《いけにえ》として捧げられた娘に問いかけました。

『お前は龍神に食われて死ぬことが恐ろしくないのか？』

『はい。ついさきほどまでどんなに恐ろしい龍神様が現れるのかと、身が縮むような想いでした』

娘はそう言ったかと思うと、痩《や》せこけた頬《ほお》をふわりと綻《ほころ》ばせて答えました。

『……ですが今は、このように雄々しく美しい方の糧《かて》になれるのなら、恐ろしいどころかとても光栄なことだと思っています』

落ち窪《くぼ》んだ瞳をキラキラと輝かせる様子から、龍神は娘が嘘《うそ》を言っているとは思えません。

『それに、わたくしの命が村の人たちの役に立つのなら、これ以上の喜びはありません』

人間なんて、か弱くて浅はかで狡賢《ずるがしこ》い生きものだと思っていた龍神は、ただただ驚くばかり。

そんな龍神に、娘は乾いた地面に三つ指ついて頭を下げました。

『わたくしはどうなっても構いません。ですからどうか、水を……雨を恵んでください』

娘のひたむきな想いに、龍神はこれまで人間に対して抱いたことのない愛《いと》しさが込み上げるのを感じたのです。

地面に額を擦《す》りつける娘に、龍神は優しく言いました。

『お前の健気《けなげ》さと勇気に免じて、贄《にえ》として連れ去るのはやめにしよう』

茫然《ぼうぜん》として見上げる娘に、龍神は己の鱗《うろこ》を一枚剝《は》ぎ取って渡しました。

『心配しなくてもいい。祠《ほこら》を建ててこの鱗を祀《まつ》るのだ。そうすれば、この乾いた土地が潤うほどの泉が湧く』

一尺《いっしゃく》ほどの鱗は、白銀に輝いて向こうが透けて見えるようでした。

『その泉の水を使って酒を造れ。そして、その酒を毎日欠かさず祠に供えると約束するなら、未《み》来永劫《らいえいごう》、水に困ることはない』

娘は龍神の鱗を胸に抱えてしっかりと頷きます。

『はい。毎日、龍神様のお優しさに感謝して、美味《おい》しいお酒をお供えします』

『必ずだぞ？　一日たりとて、私との約束を忘れることは許さぬからな？』

『忘れません。絶対に！』

龍神は娘の答えに満足すると、ゆっくりと空へ昇っていきました。

それと同時に雲一つなかった空を灰色の雲が覆《おお》い尽くし、土砂降りの雨が降り始めたのです。

娘は大粒の雨を頬に受けながら、雲の向こうへ消えていく龍神をいつまでも見送ったのでした。

【一】

九月下旬の早朝――。

「……あの、清水《しみず》さん。井戸水のことなんですけど、やっぱり……変な気がするんです」

龍乃川酒造《たつのがわしゅぞう》の蔵元《くらもと》である安龍八千穂《あんりゅうやちほ》は、朝食の席で杜氏《とうじ》の清水巌《いわお》におずおずと切り出した。

安龍家が酒造りを始めたそもそものいわれは、裏山の麓《ふもと》から豊富な清水が湧き出たことだと伝わっていた。裏山へと続く庭にその言い伝えを物語るかのように古い井戸があって、二百年あまりの間、涸《か》れたこともなければ、水量が減ったこともないという。この甘く澄んだ湧水があったからこそ、龍乃川酒造は江戸時代から酒造りを続けてこられたのだ。

「はあ？　まだ言ってんのか、八千穂」

清水はその名のとおり、岩のような顔を顰《しか》める。十代の頃から蔵人《くらんど》として働いてきた清水は、絵に描いたような昔ながらの職人気質《かたぎ》だ。がらっぱちな性格もあって、若い蔵人たちからは恐れられていたが、同時に杜氏としての腕のたしかさから信頼も厚い。

「オレだって毎日井戸水は口にしているが、なんも感じねぇって言ってるだろ。お前の味覚がすげぇってことはガキの頃から知ってる。だが、仕込み水に関してならオレは五十年以上のプロだ。そのオレが大丈夫だって言ってるんだ。口出しするのはいい加減にしてくれ」

清水は面倒臭そうに白髪交じりの角刈り頭を掻《か》くと、残っていた味噌汁《みそしる》を一気に掻き込んで、蔵人たちを率いて台所を出ていってしまう。

「あ、あの……」

八千穂は引き止めることもできず、やや重めにカットしたマッシュヘアの前髪の下から、揃《そろ》いの印半纏《しるしばんてん》を着た男たちを見送った。

龍乃川酒造には朝食を蔵人たちと囲むという習わしがある。蔵人たちがしっかり働けるよう、先々代――つまり八千穂の曾祖父が、朝食を振る舞ったのが最初らしい。

酒造りに関する言葉に、「和醸良酒《わじょうりょうしゅ》」というものがある。

和は良い酒を醸し、良い酒は人の和を醸す――という意味らしい。

この言葉の精神を大切にしていた先々代は、蔵で働く人たちの和を重んじ、家族同様に扱ったと聞いている。当時は、冬になると出稼ぎで酒造りにやってくる蔵人が多く、食べるのに困っている者も多かった。先々代は彼らを出稼ぎ労働者ではなく、久しぶりに帰ってきた家族として迎えたという。早朝、みんなで眠い目を擦《こす》りながら炊き立てのごはんを食べ、寒い中、極上の酒を造るという同じ目標に向かって働く。そうすることで、蔵全体が強い絆《きずな》で結ばれるのだ。

以来、龍乃川酒造では蔵元が朝ごはんを支度《したく》してきた。昼もごはんだけは炊いておいて、好きに食べられるようしている。

「はぁ……」

がらんとした台所をなんとなしに見まわして、八千穂は溜息《ためいき》を吐《つ》いた。

時刻はまだ朝の六時前。このあと、八時前になると事務員が二人、出勤してくる。

八千穂の実家が代々営んできた龍乃川酒造は、江戸末期から続く蔵元だ。古くはこのあたり一帯の土地を有する豪農だったのだが、文政の頃から酒造を始めたと聞いている。蔵人と事務員を合わせても十数人しか従業員のいない小規模な蔵ながらも、創業以来、根強いファンがいてくれるおかげで、国内の日本酒離れが続く昨今でも細々と生きながらえてきた。

八千穂は農業大学で醸造について学び、今年の春に卒業して戻ってきたばかりだった。

そして六月に蔵を継いだ直後、先代で社長でもある祖父・栄一《えいいち》が、突然脳梗塞《のうこうそく》を発症して倒れてしまったのだ。救急搬送されたこの地区の基幹病院である大学病院で手術を受けて命こそ助かったが、ずっと意識が戻らずに眠り続けている。

大学で酒造りを学んだといっても、八千穂は蔵元としてはまだまだ未熟だ。これから祖父や杜氏の清水、そして蔵人や事務員たちから、蔵の仕事について学んでいかなければならなかった。

それなのに、いきなり蔵の柱である栄一が倒れてしまい、龍乃川酒造は未曾有《みぞう》の事態に陥った。

――父さんが生きてたらなぁ……。

八千穂はまだ物心つかない頃に母親を、そして中学のときに父親を亡くしている。母親にはもともと心臓に持病があったらしい。父親は祖父と同じ脳梗塞で世を去った。

幼くして両親を失ったことで、寂しい想いをしたことがないといったら嘘になる。けれど、両親にも負けない愛情を、祖父や蔵人たちが注いでくれた。そのおかげもあってか、八千穂は蔵の仕事が大好きになった。そうして、大人になったら祖父の跡を継ぎ、龍乃川酒造の酒を日本中、いや、世界中の人に飲んでもらうという夢を抱くようになったのだ。

「清水さんを否定するわけじゃないけど、少しくらい調べてくれてもいいのに……」

後片付けを始めながら、八千穂はぼそっと独《ひと》りごちる。

八千穂が井戸水の味に違和感を覚えたのは、祖父が入院して一ヶ月が過ぎた頃のことだった。

裏山の麓に湧く井戸水は、酒の仕込み水だけでなく安龍家の生活用水にも利用している。

昔ながらの井戸屋形と石積みの井戸枠をそのまま残してあるが、今はスチール製の蓋《ふた》で汲《く》み上げ口を塞ぎ、その上に竹製の編み蓋を被せている。昔は滑車と釣瓶《つるべ》を使って水を汲み上げて、酒の仕込みや生活用水として使っていたらしい。祖父が幼い頃は手押しポンプを使っていたというが、戦後になるとそれも外され、今では電動ポンプで地下から水を汲み上げ、配水パイプで蔵や母屋《おもや》に送るようになった。

八千穂は毎朝、起き抜けにグラス一杯の井戸水を飲むのを習慣にしているのだが、七月のある朝、水のまろやかさが欠けているような印象を抱いたのだ。

以来、八千穂は何度か清水に井戸水を調べて欲しいと頼んできたのだが、まるで取りあってもらえないまま今日まできてしまった。

「ぼくじゃなくてじいちゃんの言葉だったら、清水さんも真剣に聞いてくれたんだろうな……」

十月には本格的に仕込みの準備が始まるということもあって、八千穂は気が気でなかった。杜氏の清水から見れば、八千穂はまだまだ素人《しろうと》に毛が生えた程度で頼りないのも仕方がない。

けれど、社長は祖父のままだが蔵元という肩書は継いだのだ。祖父が不在の今こそ、心おきなく酒の仕込みに入ってもらえるよう、蔵元の自分が環境を整えなくてはならないと思っていた。

もともとおとなしい性格で、人に意見するのは苦手だった。そこへ蔵元としての自信のなさもあって、清水をはじめ蔵人や事務員にすら遠慮がちになってしまう。

「……井戸水の味がおかしいのは、間違いないんだ」

そんな八千穂だが、自分の舌――味覚には自信があった。大学在学中に唎酒師《ききさけし》の資格を取得したのも、自分の舌を蔵の仕事に活《い》かすことができると思ったからだ。

「明日、もう一度、清水さんに話してみよう」

十一月からの仕込みに備えて、蔵人たちは仕込み蔵の清掃や道具の点検に忙しい。そこに「冷やおろし」の出荷作業が重なって、猫の手も借りたいほどだった。「冷やおろし」とは昨年の年末から年明けにかけて仕込んだ酒を一度、貯蔵庫で熟成させたものをいう。龍乃川酒造の「冷やおろし」は主要銘柄の中でもとくに評価を得ているため、出荷作業にも気を遣うのだ。

この忙しいときに……と、清水はきっといい顔をしないだろう。けれど、仕込みが始まる前にきちんと井戸水のチェックをすべきだ。杜氏として五十年以上、裏庭の井戸水を扱ってきた清水も気づかないほど、本当にささいな変化だが、酒の味に大きく関わってくるに違いない。

「水の味が変わっていることが分かる証拠を見つけたら、きっと調べてくれるはず……」

そう呟くと、八千穂はいつの間にか止まっていた片付けを再開した。

その日の深夜、八千穂はバリバリという激しい雷鳴に続けて、地震に似た衝撃に襲われて目を覚ました。

「う、わぁ……っ！」

近くに、落ちた——。

そう直感すると、自室として使っている離れの六畳間から縁側に飛び出す。

すると、まるで見計らったかのように空に閃光《せんこう》が走り、耳を劈《つんざ》く轟音《ごうおん》が鳴り響いた。それと同時に、文字どおりバケツをひっくり返したような激しい雨が降り始める。

「……こんな大雨が降るなんて、天気予報になかったはずなのに」

戸惑いつつも、沓脱石《くつぬぎいし》に置いてある下駄を引っ掛けると、パジャマのまま裏庭へ向かって駆け出した。傘など手にしている暇はない。万が一、雷が裏山の木を直撃していたら、山火事に繋《つな》がる恐れがあるからだ。

何より、裏庭には大切な井戸がある。井戸屋形の近くには水を汲み上げるポンプなどの設備もあり、そこが被害を受けていないか心配だった。

激しい焦燥と不安の中、前が見えないほどの雨を掻い潜り、下駄の音を響かせて急ぐ。

そうして、サツキやツツジの植え込みの間を駆け抜け、井戸のそばに近づいたとき、夜空を覆い尽くしていた暗雲が、蔵や母屋を呑《の》み込むかのように下りてきた。

真っ黒な雲は生きもののごとく蠢《うごめ》きながら、徐々に大きな渦を描き始める。やがて分厚い雲の渦はどんどん大きくなり、やがて蜷局《とぐろ》を巻いた蛇を思わせる形へと変化した。

信じがたい光景に足を止め、八千穂は茫然として空を見上げた。

そのとき、雲の渦の中心で赤い光が二つ、まるで蛇の目のように瞬《またた》いた。

なんだろう……と思った瞬間、真っ赤な閃光が暗雲を切り裂く。

その直後、眩《まぶ》しさにかざした掌《てのひら》の向こうの光景に、八千穂は我が目を疑った。

「嘘……」

漆黒の雲を背に、巨大な龍が空に浮かんでいたのだ。

風になびく灰白色の鬣《たてがみ》はわずかに翡翠《ひすい》色を帯びていて、長い胴体は赤黒い鱗で覆われており腹の部分だけが白い。長い鼻に大きく裂けた口、頭には珊瑚《さんご》を思わせるツノが二本生えていて、燃え盛る炎のごとく真っ赤な目で八千穂を見下ろしている。

——夢でも見ているんだろうか……。

そんなふうに思っていると、突如、頭の中にしっとりとして張りのある声が響いた。

『おれの姿が見えるということは、お前、安龍の血を引く者だな』

「えっ……?」

いったいどこから聞こえてきたのかと、八千穂はギョッとして周囲を見まわす。

『何を驚いているのだ』

するとふたたび、今度は少し怒気を帯びた声が聞こえたかと思うと、宙に浮いた龍が巨体を波打つようにくねらせた。龍の怒りに反応したかのように、雨と雷がいっそう激しさを増す。

『このおれが直接問いかけているのだぞ。おれの問いに答えろ』

まさか巨大な龍が言葉を発すると思っていなかった八千穂は、驚きのあまりよろよろと膝をついて龍を見上げた。

「……そ、そうです。安龍……八千穂です」

半信半疑のまま震える声で答えると、龍はゆっくりとその巨軀《きょく》をうねらせつつ頷《うなず》いた。

『おれは龍王の子の一人、龍神の蘇芳《すおう》だ』

「りゅ、龍神……？」

頭の中に響く声を聞いて、八千穂は目を瞬《しばたた》かせる。龍神なんて昔話や伝説の中だけの存在だと思っていたからだ。

『そうだ。龍王の命《めい》によって、この家に授けた鱗を取り戻しにきたのだ。……さあ、さっさと鱗を返せ』

そう言うと、蘇芳と名乗った龍神は、静かに八千穂に顔を近づけてきた。

「鱗、ですか……？」

『そうだ。この地に泉が湧いているのは、かつて、我が父上が鱗を与えたおかげだということぐらい知っているだろう？』

八千穂など一口で丸呑みにしてしまいそうな大きな口を間近にして、八千穂は胃の奥がきゅっと縮むのを感じる。

「いいえ……。はじめて聞きました」

正直に告げると、蘇芳が細めた赤い目で睨《にら》んできた。

『おい、八千穂とやら。鱗を手放したくないからと嘘を吐《つ》いても無駄だ。この家のどこかに龍王の鱗を祀った祠が絶対にあるはずなのだ』

圧倒的な威圧感に、八千穂は雨の中で項垂《うなだ》れるほかなかい。

『まったく……聞いていたとおりだ。人間がこうも無知で恩知らずな生きものだとは……』

呆れたように吐き捨てると、蘇芳は横目で八千穂を睨《にら》んだまま話を続けた。

『いいか、よく聞けよ。この地に泉が湧き続けるのは、天界を治める我が父、龍王がお前たち人間に与えた鱗の霊力によるものだ。なのに、お前たちはそれを蔑《ないがし》ろにした。龍王との約束を違《たが》えたからには、鱗を返してもらうよりほかない』

八千穂はまるで昔話を聞いているような気分だった。泉というのは、井戸のことだろう。まさか龍乃川酒造の命ともいえる井戸水が、龍王の鱗によってもたらされたものだなんて想像したこともなかった。

「あの、鱗をお返ししたら、水は――」

嫌な予感を覚えつつ、おずおずと尋ねる。

『涸れるに決まっているだろう』

断言されて、八千穂は血の気が引くような悪寒を覚えた。

「そんな……っ」

『分身でもある鱗がきちんと祀られなければ霊力が弱まり、泉ばかりか龍王の身にも影響が及ぶ。その証拠に少し前より父上の鱗を剝いだ古傷が痛み出したのだ』

蕭然《しょうぜん》として項垂れる八千穂を見据えたまま、蘇芳が苛立《いらだ》ちをあらわにする。

『おれは不義理な人間から鱗を取り戻す役目を父上より賜《たまわ》り、この地上に降りてきたのだ』

――もしかして、井戸水の味が変化したことも、鱗に関係しているのだろうか。

ぬかるんだ地面に膝をついたまま、八千穂はぼんやりと思った。

『おい、お前は本当に、鱗や祠について何も聞かされていないのか？』

問いかける声に顔を上げると、ガーネットを思わせる瞳と目が合った。縦に細長い瞳孔をじっと見つめていると、そのまま吸い込まれてしまいそうな気がしてくる。

「すみません。本当に知らないんです」

この家に生まれて二十三年になるが、父からはもちろん、祖父からも龍の鱗やそれを祀った祠の話など聞いたことがない。

『嘘では、ないようだな』

そう呟いたかと思うと、蘇芳が鋭い爪の生えた前肢《ぜんし》をぬっと八千穂へ伸ばしてきた。

逃げなければ――と、頭ではそう思うのに、すっかり足が竦《すく》んで逃げることができない。

四本の大きな鉤爪《かぎづめ》が目の前まで迫ったとき、ふたたび真っ白い閃光が走った。

同時に、雨音を掻き消す雷鳴が轟く。

真上で爆弾が爆発したかのような轟音と衝撃に、八千穂は堪《たま》らずその場に蹲《うずくま》った。はずみで下駄が脱げたが、続け様に鳴り轟く雷鳴に身体が竦んで気にしている余裕はない。経験したことのない脅威に、ただただ翻弄《ほんろう》されるばかりだ。

そうして、ずぶ濡れになりながら蹲っていると、不意に逞《たくま》しい腕に抱き締められた。

「鱗がないとなれば、贄となる者を連れ帰るまで」

頭の中でだけ聞こえていた声が急に耳許で聞こえて、八千穂は思わず顔を上げた。と同時に、目に飛び込んできた男の姿に小さく声をあげる。

「……えっ」

ザーザーと大粒の雨が打ちつける中、見知らぬ異形の男に抱き竦められていたのだ。

男はうっすら緑がかった灰白色の長髪を組紐でポニーテールにまとめ、平安貴族を思わせる青《せい》磁《じ》色の狩衣《かりぎぬ》に似た装束を身につけていた。身長はゆうに百八十センチ以上あるだろう。日に焼けたような褐色の肌をしていて、容貌は恐ろしいほどに整っている。切れ上がった二重の双眸《そうぼう》は赤く、鼻筋がとおった面差しは、どう見ても日本人……いや、人とは思えない。なぜなら男の頭には、赤褐色をしたツノが二本、荒天《こうてん》を突くように生えていたからだ。

「だ、誰っ……？」

恐怖と戸惑いに唇を戦慄《わなな》かせると、男はあからさまに不満そうな顔をした。

「分からぬのか？　人間というのはこの程度の知恵もまわらないのか」

眉間に深々と皺《しわ》を刻んだ男の声を聞いて、八千穂ははたと気づく。

「もしかして、龍神の……？」

まさか――と思いつつ問い返すと、男がニヤリと微笑《ほほえ》んだ。

「そうだ。蘇芳だ」

そのときふと、八千穂は蘇芳がまったく雨に濡れていないことに気づいた。よく見れば、雨粒がまるで意思をもっているかのように、蘇芳を避けて地面に落ちていく。

茫然とする八千穂をよそに、蘇芳は品定めするみたいな目で見つめ続けた。

「お前に生贄としての素質があるか確かめるのに、龍の姿では不便だからな。わざわざ人の姿に変化《へんげ》してやったのだ」

そう言ったかと思うと、大きな右手で八千穂の顎《あご》を捕まえ、いきなり口づけた。

――ええ……っ！

あまりに突然すぎて、何が起こったのかすぐには理解できない。

「っふ、うぅ……っ」

触れた唇のひんやりとした感覚に驚きつつ、見開いた目に蘇芳の整った顔を捉える。

――うわぁ……っ。ぼく……キ、キス……してるっ！

やっと状況を把握した途端、強烈な羞恥《しゅうち》が押し寄せてきて、八千穂は慌てて瞼《まぶた》を固く閉じた。

すると、蘇芳が舌で八千穂の唇を破り開き、噛み締めた歯列をなぞり始めた。

「ううっ……、ふっ……うぁ」

しっとりとして冷たい唇が、震える八千穂の唇を啄《ついば》んだかと思うと、舌先で歯茎や唇の裏側をくすぐる。

腰骨の奥がゾクゾクッと震え、全身の力が抜けそうだ。八千穂は無意識のうちに蘇芳の胸にしがみついた。息苦しさに耐えきれず首を振って口づけを解こうにも、蘇芳の手がしっかりと顎を固定していて叶わない。そうするうちにも、肌が粟立ち、腹の奥がじんわりと熱を帯びていく。

「っは、はぁ……っ」

酸素を求めて堪らず喘ぐと、蘇芳が唇を触れさせたまま囁いた。

「なるほど、接吻《せっぷん》も知らぬか……」

嘲笑を含んだ声に言い返したくても、はじめて味わうキスの快感に頭が朦朧《もうろう》としてままならない。蘇芳の唇が離れた隙に、慌てて口を開いて息を吸い込むだけで精一杯だ。

しかし、そこへ蘇芳がすかさず八千穂の口を覆うように塞ぎ、舌を侵入させてきた。

「――――ンッ！」

ぬるりとした感触と冷たさに、身体が大きく跳ねる。

八千穂のものより長い舌が口腔内を生きものみたいに這いまわり、八千穂は経験したことのない快感に身震いした。

と同時に、蘇芳に搦《から》めとられた舌にすっきりとした清水のような甘味を感じる。それはどこか、井戸水の味に似ていた。

「んぁ……っ」

直後、自分のものとは思えない甘い声に、一瞬にして我に返る。

――今の声……な、なに？

すると、蘇芳が鼻で笑う気配がして、ゆっくりと口づけが解かれた。

「ふむ、お前の精気はひどく甘いな。それに、なかなかの美形だ」

蘇芳が見せつけるように舌舐めずりをする。

美形、と言われたことでカッと顔が熱くなり、八千穂は目を伏せた。前髪が重めの髪型にしているのは、大きな黒目がちの目と、母親に似た中性的な面差しを隠すためだ。中学生の頃に顔のことで揶揄《からか》われて以来、自分の容姿にはまったく自信がないままでいる。

しかも……。

――ファーストキス、だったのに……。

「どぅして、こんなこと……」

八千穂には蘇芳の言動のすべてが理解できない。くったりとして身を預けたまま、ぼんやりと美しい龍神を見上げるばかりだ。

「龍神に所縁があり、穢《けが》れを知らぬ身と心を持つ者の精気だけが、おれたちの霊力をいっそう強めることができるのだ」

そう説明する蘇芳の瞳が、さっきまでよりもキラキラと輝いて見えるのは気のせいだろうか。

「つまり、お前は龍王に捧げる生贄として申し分ないということだ」

蘇芳は妖しく美しい微笑みを浮かべると、もう一度八千穂の唇に軽く触れた。

「あっ……」

身体の芯に甘い痺れが残っていて、顔を背けることができずに唇を奪われる。ちゅ、ちゅ、と啄むように触れていたかと思うと、蘇芳はすぐにぬるりと舌を忍び込ませてきた。

「ふっ……うぅ」

舌先を吸われた途端、八千穂は目が眩《くら》むような快感に襲われた。全身が驚くほど熱く火照《ほて》り、性器が硬くなるのを感じる。

——な、なんで……っ。

性的なことに自分でも驚くほど興味がなかったのに、淫《みだ》らに反応する身体に戸惑いを隠せない。もじもじと蘇芳の腕の中で身を捩《よじ》ると、深い口づけはあっさり終わった。昂《たかぶ》った身体を放置されて、八千穂は淫らな熱を持て余す。

そんな八千穂に蘇芳はまるで気づく様子がない。

「鱗を取り戻せないのは残念だが、これだけ美味《うま》い精気をもつ生贄を連れ帰れば、父上……龍王もきっとお許しくださるだろう」

顔を赤く上気させた八千穂とは相反して、整った顔に余裕の笑みをたたえている。

気づけば、あんなに降っていた雨はやんでいて、雲の隙間からいくつか星が瞬くのが見えた。

「そうと決まれば、穢れに満ちたこんな場所に用はない」

抑揚のない声で言ったかと思うと、蘇芳は一瞬で巨大な龍の姿へ変化した。そして、八千穂を前肢で摑《つか》んだまままゆっくりと空に舞い上がろうとする。

「ま、待ってください……っ」

赤黒い鱗に覆われた龍神の顔を見上げ、八千穂は咄嗟《とっさ》に叫んだ。

「このままぼくを天界に連れていった場合、井戸の水はどうなるんですか……っ」

風に声が掻き消されないよう、これまでの人生で一番の大声を張りあげる。

『そんなことも分からないのか？』

蘇芳が赤い瞳をぎらつかせた。

『鱗を失くしたのだ。当然、水は涸れる』

にべもない返事に、八千穂は愕然《がくぜん》となる。

「そ、それは困ります。水が涸れてしまったら、酒の仕込みができなくなってしまう！　だ……だいたい、鱗を探してもいないのに、こんな簡単に諦めて……い、いいんですかっ！」

金属のように硬い爪に縋《すが》って叫ぶと、蘇芳がゆっくりと動きを止めた。

『お前、ここが空の上だということが分からないのか？　落ちたら死ぬぞ？』

蘇芳が長い首をゆうらりともたげて、直接、八千穂の頭の中へ声を響かせる。

「生贄にされるなら、死ぬのと同じじゃないですか」

視界の端にちらっと龍乃川酒造の蔵の屋根を認めつつ、八千穂は必死に訴えかけた。

「お願いです。ぼくも一緒に鱗を探しますから、もう少しだけ時間をもらえませんか？」

蘇芳が大きな目で八千穂を見つめたまま、黙り込む。

少し湿った夜風が、八千穂の頬を撫でた。喉から心臓が飛び出そうなほどの緊張で、鉤爪に縋った手に汗が滲《にじ》んでいた。

『たしかに、お前の言うとおりかもしれん』

そう言うと、蘇芳はゆっくりと下降し始めた。

『生贄よりも、鱗を見つけ出して持ち帰ったほうが、龍王も喜ばれるに決まっている』

裏庭の井戸屋形の上を旋回しながら降りていくと、蘇芳は前肢を伸ばしてそっと八千穂を地上に立たせた。

ホッとして胸を撫で下ろす八千穂の耳に、蘇芳が淡々とした声で告げる。

「だが、条件がある――」

瞬時に人の姿へ変化すると、蘇芳は八千穂を睨みつけた。

「天界に暮らすおれたちは、地上に長くいると穢れに侵されて徐々に霊力を失う」

夜の闇の中、燃える炎のような赤い瞳と、灰白色の髪が異様なほどに映《は》える。

「鱗を探すために地上に残る間、泉の水で仕込んだ酒、そしてお前の精気を差し出すと約束するなら……猶予をくれてやってもいい」

単調でなんの感情も伝わってこない声を聞きながら、八千穂は美しくも妖しい龍神に見惚《みと》れた。

「だが、どれだけ探しても鱗が見つからなかったときは、お前を生贄として連れ帰る。いいな？」

「……わ、分かりました」

コクリと喉を鳴らして頷いた瞬間、八千穂の意識はプツリと途切れたのだった。


翌朝の四時、八千穂はいつものように、枕許に置いた目覚まし時計の音で目を覚ました。

「うぅ……ん」

母屋と渡り廊下で繋がった離れで八千穂は寝起きしている。数寄屋《すきや》造りの離れは、祖父の代になって増築されたもので、当時は遠方からきた顧客を泊める客間として使っていたと聞いていた。

六畳と八畳の二間続きの和室には床《とこ》の間や円窓《まるまど》が設けられているほか、台所以外の水回りも整っていて、一人暮らしにはもったいない環境だ。高校受験を控えた八千穂に、落ち着いて勉強ができるだろうと、祖父が私室として使っていいと言ってくれたのだ。おかげで実家に戻ってきてからは、仕事とプライベートの区切りをきちんとつけることができて助かっている。

「変な夢だったなぁ……」

目覚まし時計のベルを止めて、そのまま大きく伸びをしながらぼんやりと天井を見上げる。

そのとき、突然、二つの影が八千穂の視界を遮った。

「おはよう、八千穂！」

「ほら、早く起きて！」

続けて小さな子供の声で呼びかけられて、八千穂は慌てて飛び起きる。

「な、なに……っ？」

まだ夢を見ているのだろうか。布団の両脇に、五歳くらいの男の子と女の子が、八千穂を満面の笑みで見上げていた。

「き、きみたち……どこの、子？」

蔵人の誰かが連れてきたのだろうか……などと思いつつ、恐る恐る問いかける。

「夢でも幻でもないぞ」

答える声は、床の間から聞こえてきた。

「……え？」

まさかと思いつつ目を向けると、そこには床を背にしてぐい呑みを傾ける龍神・蘇芳の姿があった。その脇には、龍乃川酒造の主要銘柄の一つである「龍乃《たつの》雫大吟醸《しずくだいぎんじょう》」が置いてある。

「……え？　な、なんで？」

夢だと思っていた蘇芳と謎の二人の幼児の姿に、八千穂は動揺を抑えきれない。

「もう忘れたのか？　鱗探しの猶予が欲しいと言ったのはお前だろう？　地上にいる間、何かと不便だからな。眷属《けんぞく》としてそこにいた金魚を使うことにしたのだ」

「眷属って――」

蘇芳の言葉を聞いて、八千穂はわたわたと布団を抜け出した。そして床の間の付書院《つけしょいん》へ這うようにして近づいた。掛け軸が飾られた床の脇には、縁側に向けて張り出した棚があって、丸い金魚鉢が置いてある。

「うそ」

金魚鉢を覗き込んで八千穂は愕然となった。中で泳いでいるはずの真っ赤なリュウキン、そして真っ黒いデメキンの姿が消えていたのだ。

そんな馬鹿なことがあるはずがない――。

激しい狼狽《ろうばい》に頬が引き攣《つ》るのを感じながら、ゆっくりと振り返る。

すると、男の子と女の子が布団の脇に座ったまま、ニコニコと嬉しそうに八千穂を見つめていた。二人は揃いのちぢみの浴衣《ゆかた》を着ていて、女の子は赤い兵児帯《へこおび》を、男の子は黒い兵児帯を締めている。リボン結びされた帯は、まるで金魚の尾のようだ。

「まさか……紅《べに》とクロ、なのかい？」

紅とクロとは、卒業を機に退寮する際、隣室の友人が処分に困っていたのを譲り受けた金魚たちの名前だ。

「そうよ、八千穂。びっくりした？」

丸顔に少し明るい髪をツインテールに結んだ女の子は、リュウキンの紅だろう。

「ボクたちのこと、分かる？」

紅よりもう少しぷっくりとした丸顔で、おかっぱ頭の男の子はデメキンのクロに違いない。

あまりのことに八千穂は声も出ない。ただ茫然として、人の姿になった金魚たちを凝視するばかりだ。

「水の中の生きものなら、たいていのものは眷属にできる。本来なら人間になど教えることではないのだが、夢だと思われたままでは困るからな」

蘇芳はそう言うと、子供たちを手招きして酒を注がせた。

「これでもう、疑う余地はないだろう？」

得意然とした表情に、八千穂は力なく頷く。

「そう……ですね」

すると、紅とクロがトコトコと近づいてきた。

「大丈夫だよ、八千穂。蘇芳様のお世話はボクたちがするからね」

「そうそう。あたしたちがいるから、八千穂はなにも心配しないでお仕事頑張《がんば》って！」

二人は八千穂に励ましの言葉をかけると、左右から手を握って愛らしい笑みを浮かべた。

「ボクたちのこと、助けてくれたお礼をいつかしたいって思ってたんだ」

「だから、蘇芳様に人にしてもらえて、あたしたち本当に嬉しいの」

屈託のない二人の言葉に、思わず目頭が熱くなる。

倒れてしまった祖父の心配や、蔵元として認めてもらえないことへの不満や焦り……。思うようにいかない日々を過ごすうち、疲弊《ひへい》して擦り切れた八千穂の心に、愛らしい笑顔と気遣いがじんわりと染みた。

「お前も昼間は酒造りの仕事があるのだろう？　おれは金魚たちを使って勝手に祠を探すから気遣いは無用だ」

蘇芳はすっかりくつろいだ様子で、手酌で酒を飲み続けている。

「そ、そんな勝手にうろうろされたら困ります。だいたい、蔵の人たちになんて説明すれば――」

小さな手を握ったまま不安を口にすると、蘇芳は呆れた様子で溜息を吐いた。

「昨夜、おれが言ったことをもう忘れたのか？　おれの姿が見えるのは、安龍の家の血を引く者だけだ。それに、姿を消そうと思えばいつでもできる」

やや早口で捲《まく》し立てたかと思うと、八千穂の目の前からスッと蘇芳の姿が消えた。不思議なことに、手にしていたぐい呑みも見えなくなっている。

「うわぁ……っ！」

まるでイリュージョンでも見せつけられたかのように、八千穂は驚きの声をあげた。

「これで分かっただろう？　金魚たちの姿もお前以外の人間には見えないから安心しろ」

すぐに姿を現した蘇芳が、一升瓶を手に取りぐい呑みに酒を注ぐ。

「お前は泉の水で仕込んだ酒と精気さえよこせばいい。それ以外、おれのことは放っておけ。鱗探しを手伝うと言ったが、人間などあてにならんからな」

八千穂の不安や戸惑いなど、露《つゆ》ほども気にならないのだろう。

蘇芳はあっちへいけとばかりに手を振って八千穂を六畳間へ追いやると、金魚たちをそばに呼んで酒を注がせ始める。

「あの、龍神様」

床を背に胡坐《あぐら》を掻き、我がもの顔で酒を飲み続ける姿に、八千穂はだんだんと腹が立ってきた。

「蘇芳でいい。あ、呼び捨てては許さんぞ」

ちらりとも八千穂を見ないで答えるのが、また頭にくる。

「お酒が欲しいなら、ぼくに言ってください。その大吟醸、母屋の店の冷蔵庫から持ってきたんでしょう？　あれは販売用や出荷前の商品なんです。勝手に持ち出されると困ります」

すると、それまで知らん顔をしていた蘇芳が、少し驚いたような表情を浮かべて八千穂を見た。

「な、なんですか……」

「さっきまでしどろもどろだったくせに、酒のことになるとよく舌がまわるものだな」

そう言って、小さく肩を揺らす。

「昨夜もてっきりおとなしく従うと思ったのに、おれの手の中で急に叫び出すし……。八千穂、お前、面白いヤツだな」

蘇芳はニヤニヤと意味深な笑みを浮かべる。

その表情に、八千穂は揶揄《からか》われたのだと察して、急に恥ずかしくなった。

「い、一応、蔵元ですから……っ」

ぶっきらぼうに言って、床の間と六畳間を仕切る襖《ふすま》を閉じようと引き手に手をかけた。

逃げるように背を向けた八千穂に、蘇芳がのんびりした声で呼びかける。

「おい、八千穂」

肩越しに振り向くと、蘇芳が上目遣いに八千穂を見つめていた。赤い瞳と酒で濡れた薄い唇をつい意識してしまって、なぜだか目が離せなくなる。

「龍神に命令するなど許しがたいが、まあ、鱗が見つかるまでのことだ。どうせすぐに鱗かお前を天界に持ち帰ることになる。それまではできる限りお前の言うことに従ってやろう」

――あの唇に、キスされて……舌を吸われたんだ。

ぼんやり蘇芳の声を聞きながら、蘇芳の舌の味と甘美な快感を思い出す。

「ただし、毎日欠かさずにこの蔵で仕込んだ酒とお前の精気をよこせ。おい、聞いているのか？」

「は、はいっ……」

蘇芳が語気を強めるのに、八千穂はハッと我に返った。

「お、お酒を用意すればいいんですよね？」

取り繕うように笑みを浮かべると、自室に置いてある冷蔵庫に歩み寄った。

「この冷蔵庫に、いくつか見繕って入れておきます。あと、ぐい呑みもこの茶箪笥《ちゃだんす》にあるものを好きに使ってください」

「……分かった」

中学時代から使っている学習机の横に並んだ茶箪笥は祖母の嫁入り道具だったもので、趣味で集めた酒器などがしまってある。

「あっ……」

そのとき、八千穂は視界の端に目覚まし時計を捉えた。慌てて時間を確かめると、もう四時半になろうとしている。

「あの、ぼくはこれから朝ごはんの仕込みがあるので……っ」

急がなければ、蔵人たちの朝食の時間に間に合わない。

「ああ、仕事だろう？　まあ、しっかり励め」

蘇芳はまるで意に介さない様子で酒を呷《あお》り続けている。

「八千穂、お仕事頑張ってね！」

「蘇芳様のことは、ボクたちに任せて！」

紅とクロの笑顔に荒《すさ》んだ心が癒《い》やされるのを感じつつ、八千穂は襖を閉じるなり慌ててパジャマを脱ぎ捨てた。

「おい」

八分袖のカットソーを着てジーンズを手にしたとき、襖の向こうから蘇芳の声が聞こえてきた。

「は、はいっ?」

この期に及んで、いったいなんだろうと若干苛立ちながら答える。

「その……アレだ。勝手に酒を持ち出して……悪かった」

これまでの傲慢《ごうまん》で居丈高《いたけだか》な口調から一変して、穏やかでしおらしさが感じられる蘇芳の声に、八千穂は思わず手を止めた。

「蘇芳さ……ま?」

そっと呼びかけるが、返事はない。襖を開けようかとも思ったが、これ以上、遅れるわけにはいかない。

八千穂はジーンズを穿《は》いて髪を手櫛《てぐし》で整えると、蔵の屋号が染め抜かれた藍染《あいぞめ》の印半纏を羽織《はお》って自室をあとにしたのだった。


その日の午後、地元の酒屋への配達と祖父・栄一の見舞いを終え、八千穂は軽トラックで帰宅の途についていた。空はすっかり秋めいていて、道の両側に広がる田んぼでは稲穂がゆるく頭《こうべ》を垂れている。

やがて、集落の一番奥まった高台に、古びた長屋門《ながやもん》と土塀が見えてきた。長屋門をくぐると広い庭になっていて、右手に寄棟造《よせむねづく》りの母屋、左手に漆喰《しっくい》で塗られた仕込み蔵があった。昔は五棟もの仕込み蔵があったらしいが、現在残っている蔵は三棟のみで、そのうちの一棟で酒造りをおこなっていた。ほかの二棟のうち一棟は酒造りの道具などの保管場所で、残りの一番古くて小さい一棟は裏庭にあって何年も人の出入りがなく開かずの蔵となっていた。

仕込み蔵の前では、蔵人たちがケースに入れられた「冷やおろし」の出荷準備をしている。

駐車スペースに軽トラックを停めると、八千穂は蔵人たちに声をかけながら母屋へ向かった。

築百五十年になる母屋の玄関を入ってすぐの広い土間と続きの六畳間は、試飲販売のスペースになっている。六畳間の奥に続く八畳の部屋と合わせたスペースが、龍乃川酒造の店舗兼事務所だ。土間に設置された大型の冷蔵庫には、龍乃川酒造自慢の商品が並べられている。

店舗として使っている二間のうち、奥の八畳はフローリングに張り替えられ、事務机やパソコンが置かれていた。八千穂が生まれる数年前に茅葺《かやぶき》だった屋根を瓦《かわら》に葺《ふ》き替えた際、店舗スペースにも手を入れたということだった。

「ただいま戻りました」

玄関土間に足を踏み入れると同時に、清水がどことなく落ち着きない様子で近づいてきた。

「おう、八千穂。社長の具合はどうだった？」

「相変わらず、意識が戻る気配もなければ、悪くなるようなこともないって話でした」

祖父の容体を知らせると、清水が「そうか」と言って表情を曇らせる。

「まだ、ほかのモンには言ってねぇんだがな……」

声を潜めて八千穂の肩を抱き、土間の奥へと誘う清水の様子からは嫌な予感しかしない。

「どうしたんですか？」

客はおらず、販売スペースにいた事務員の女性が怪訝《けげん》そうに様子を窺っている。

「……どうも、井戸の水量が減ってるような気がするんだ」

「え――？」

思いがけない言葉に、八千穂は手にした集金袋を落としそうになった。

「えっと、どのくらい減ってるんです？」

問い返しつつ、八千穂は蘇芳の言葉を思い出していた。

『分身でもある鱗がきちんと祀られなければ霊力が弱まり、泉ばかりか龍王の身にも影響が及ぶ』

胸が急に激しく高鳴り、喉が渇《かわ》く。

水がなければ、酒造りはできない。

龍乃川酒造では仕込み水はもちろん、蔵での作業にはすべて井戸水を利用している。

「いや、今のところ仕込みに差し障りがあるほどじゃねぇんだ。それに、汲み上げポンプか配水パイプの調子が悪いだけかもしれん。ただ、こんなことは今までなかったから、一応、お前の耳に入れとこうと思ってな」

「そうですか……」

努めて平静を装いつつ、水の味が変わったのもきっと鱗の影響に違いないと思う。

「この夏は雨も少なかったし、そのせいかもしれねぇ。仕込みまでにもとに戻れば問題ない」

「何が問題ないって？」

不意に背後から聞こえた声に、八千穂は清水と同時に振り返った。

「啓司《けいじ》……おじさん」

八千穂の叔父である安龍啓司が、スーツ姿にビジネスバッグを携えて玄関に立っていた。

「冷やおろしの出荷時期だってのに、店に客が一人もいないなんて……。まったく、なんでも親父に任せっきりにするからこんなことになるんだ」

あからさまに人を見下した言い方をする啓司に、清水が苦虫を嚙《か》み潰したような表情を浮かべた。そして、八千穂の肩をポンポンと軽く叩いて耳打ちをしてくる。

「八千穂、ポンプのほうはオレから業者に電話しておくから、お前は気にせずに事務と営業をしっかりやってくれ」

「あ、はい……」

清水はじろっと啓司を一瞥《いちべつ》すると、足早に母屋を出ていった。

「いったい、どうしたんですか？」

大股で土間に入ってきた啓司に用向きを尋ねる。

「実家に帰ってくるのに、いちいち理由がいるのか？」

啓司は土間に積み上げられた出荷用のケースを見上げ、臆面もなく嫌みを八千穂にぶつけてきた。仕事が忙しいのか、それとも体調が悪いのだろうか。ずいぶんと疲弊《ひへい》の色が目立つ。

「いえ、そんなことは……」

返す言葉もなく、八千穂は乾いた愛想《あいそ》笑いを浮かべた。

亡くなった父の弟である啓司とは、たった一人の叔父と甥《おい》という関係にありながら、数えるほどしか顔を合わせたことがない。そのせいか、八千穂は啓司が苦手だった。

啓司は八千穂が生まれる前に大学進学とともに家を出たきり、帰ってくることがほとんどなかった。東京の大手メーカーに就職し、結婚もして二人の子供がいると聞いているが、八千穂はその従兄弟に一度も会ったことがない。

さすがに、祖父の栄一が倒れたときには駆けつけたが、その前に八千穂が啓司の顔を見たのは、父の七回忌法要のときだった。

そこまで実家と距離を置いていた啓司が、祖父が入院して以来、なぜか頻繁《ひんぱん》に帰ってくるようになっていた。

「あの、じいちゃんのお見舞いのついで……ですか？」

できるだけ穏便に済ませたいという想いから、つい、声が小さくなる。

「もっと腹から声が出ないのか？　まったく、そんなことで親父の代わりが務まるのかねぇ」

啓司が溜息交じりに言って、侮蔑《ぶべつ》的な視線を向ける。

店の六畳間から、事務員が心配そうにチラチラと様子を窺うのが、八千穂をいたたまれない気持ちにさせた。

そこへ、初老の男性グループの客がやってきた。

「ここで酒の直売やってるって聞いたんだが……」

「い、いらっしゃいませっ」

思わぬ救世主の登場に、八千穂は声を上擦《うわず》らせる。

すると、啓司が小さく舌打ちして、上がり框《かまち》に腰掛けて溜息を吐いた。

無言の圧力を背後から感じつつ、客に近づこうとした、そのとき――。

続けて現れた人物の姿に、八千穂は思わず声を失った。

「――っ」

蘇芳が紅とクロを引き連れて、何食わぬ顔で土間に入ってきたのだ。

「八千穂さん、お客様はわたしが応対しますから……」

啞然として立ち竦む八千穂の様子を心配したのか、事務員がおずおずと声をかけてくる。

「あ、は……はい。すみません。お願いします」

慌てて愛想笑いを浮かべるが、蘇芳たちが気になって仕方がない。

紅とクロが啓司の前にしゃがみ込み、何が可笑《おか》しいのかクスクスと笑い合っていた。蘇芳はといえば、梁《はり》に届くほど積まれたケースを見上げて何やら難しい顔をしている。

蘇芳も、紅とクロもたしかに土間にいるのに、誰一人として気にする様子がない。

――本当に、見えていないんだ……。

にわかには信じがたい光景に身震いを覚える。

そんな八千穂に、蘇芳が不意に目配せをしてきた。彼の前には販売用の冷蔵庫があって、今日搾《しぼ》ったばかりの冷やおろしが並べられている。

『この酒が飲みたい』

目が合ったかと思うと、突然、頭の中に蘇芳の声が響いた。

「えっ……」

不意を突かれ、八千穂は思わず妙な声を漏らしてしまう。

事務員と客らから不思議そうな顔で見つめられ、八千穂は慌てて作り笑いとともに会釈した。

そんな八千穂の反応を見て、蘇芳が悪戯《いたずら》っ子みたいな笑みを浮かべるのがなんとも憎らしい。

——やっぱり、我儘《わがまま》で意地悪な人だ。

今朝、襖越しに謝罪されて、素直で優しいところがあるのだと見直したところだったのに……。

八千穂はわざとらしくフイッとそっぽを向くと、不機嫌そうに眉を寄せる啓司に声をかけた。

「おじさん、ここじゃなんだから、奥の座敷にどうぞ……」

啓司の前にしゃがんでいた紅とクロが、すっくと立ち上がって八千穂に小さく手を振る。

目の前に二人も子供がいるのに、啓司はまるで気づかない。

紅とクロはクスクスと笑いながら、赤と黒の兵児帯を揺らして蘇芳のそばへ駆けていった。

——また、あとでね。

心の中で子供たちに手を振り返しつつ、八千穂は母屋の座敷へと叔父を誘った。

「週末だってのに、ずいぶんと暇そうだな」

床を背にして座った啓司の前に煎茶を注いだ湯呑みを置くと、八千穂は座卓から少し離れたところに正座した。

「そうでもないですよ。さっきはたまたま一組だけでしたけど、昨日は遠くからわざわざ足を運んでくださった方もいたし、忙しいときは蔵人さんにも接客をお願いするぐらいで……」

答えながら、啓司が何をしにきたのか考えを巡らせるが、まるで答えが出てこない。人となりもほとんど知らず、あるのは苦手ばかりの相手を前に、八千穂の胃は緊張でキリキリと痛んだ。

「ふぅん。まあ、多少なりとも売れているならいいが……」

座卓に腕をついて茶を啜《すす》る啓司の顔を、八千穂はこっそり上目遣いに見つめた。

額の形や目許などは兄弟だけあって父とそっくりだ。だが、筋肉質でほっそりした体格だった父と違い、啓司はややぽっちゃりした体格をしている。声は少し嗄《しゃが》れていて、父より祖父の声に似ていると思った。

「お前、たしか今年の春に大学を卒業したばかりだったよな?」

「はい……」

「蔵の経営や営業のこと、少しは親父から教えてもらったのか?」

おもむろに口を開いたかと思うと、啓司は次々に質問を投げつけてきた。

「いいえ。蔵人さんや事務の手伝いぐらいしか……。卸先や取引のあるお店なんかには、じいちゃんが倒れる前に挨拶《あいさつ》にいきましたけど」

啓司の真意が分からないまま、八千穂は正直に答える。

「そうか。じゃあ、蔵元としてはまるで素人ってことだな」

啓司は何気なく口にしたのだろう。だが、その言葉は鋭い刺《とげ》となって八千穂の胸を刺した。

「少しぐらいは聞いているだろうが、俺はとある大手メーカーで営業の仕事に携わってる」

八千穂が無言で頷くのを認めると、啓司は前のめりの体勢で続けた。

「自分で言うのもなんだが、実績が認められて今は営業本部長だ」

スーツのポケットから名刺ケースを取り出し、乱暴に名刺を一枚、投げてよこした。

座卓の上を滑ってきた名刺を、八千穂は慌てて受け取る。そこには、日本人ならおよそ誰もが知っている企業の名が記されていた。

「すごいですね……」

啓司は八千穂の父とは四歳差だから、今は四十六歳のはずだ。その歳で大手企業の営業本部長という地位にあることに、どれだけの意味があるのか八千穂には分からない。しかしそれでも、正直にすごいと思った。

「真面目に働いてきただけだ。だが、自分の仕事にはそれなりに自信を持っている」

本人は気づいていないのかもしれないが、啓司はどうも癇《かん》に障るもの言いしかできないらしい。

これで営業職が本当に務まるのだろうかと、八千穂は不思議に思った。

「まあ、俺のことはどうでもいい。本題はこれからだ」

残っていた茶を一気に飲み干すと、啓司が表情を一変させた。不機嫌で陰湿な表情に気力が漲《みなぎ》り、暗く澱《よど》んでいた目が強い光を帯びる。

「蔵の経営に関してうちはずっと親父のワンマンだったろう？　清水さんは杜氏としては一流でも、経営……まあ事務方の仕事はからきしなはずだ。つまり、お前がしっかりしないと、龍乃川酒造は早々に潰れる可能性が高い」

「つ、潰れる……って――」

思いもしなかった言葉に、八千穂は思わず腰を浮かせた。

「この先、親父がどうなるかも分からないんだ。最悪の状況を想定して動くのが当然だろう」

至極、真っ当な意見を突きつけられ、八千穂は力なく腰を落とす。

「いずれにせよ、今までと同じようなやり方じゃ先は見えている。親父が倒れたことは災難ではあるが、新しいことにチャレンジするにはいい機会だと思わないか？」

「おっしゃることは、よく分かります。けど……」

さすがに営業職を極めただけあって、啓司の話は理路整然として頭に入ってきやすい。

「新しいことにチャレンジと言われても、何をすればいいのか……」

祖父が倒れて八千穂が進んでやった営業活動といえば、これまで付き合いのあった卸先や顧客にメールや電話をして、これからもよろしくと挨拶したぐらいだ。あとは日々の事務仕事や出荷作業の手伝いに追われて、蔵元らしい仕事すらできていると言いがたかった。

「だろうと思ってだな……。今の日本酒の流行や業界の動き、あとは販路開拓について、俺なりに徹夜で調べてプランを立ててきてやった」

「え……？」

これまで親戚らしい付き合いすらほとんどしてこなかった叔父の言葉に、八千穂はつい疑念の目を向けてしまう。

すると八千穂の視線に気づいた啓司が、あからさまにムッとした表情を浮かべた。

「クソ忙しい中、必死にアレコレ調べて協力してやると言っているのに、なんだその目は……。まあ、俺が不肖《ふしょう》の息子だってことは自覚してる。だが、親父があんなことになってそのまま蔵が潰れるのは、本意じゃないんだ。……だいたい兄貴が生きてたら、俺になんの得にもならんお節介なんか焼くものか……っ」

吐き捨てられた言葉から、八千穂は叔父の疲弊しきった様子の原因を察した。多忙の中、龍乃川酒造のために徹夜してまで対策を練り、わざわざ東京から訪ねてきてくれたのだ。

啓司は小さく咳払いすると、ずいっと座卓の上に身を乗り出した。

「お前が望むなら、俺が手を貸してやってもいい」

「――え？」

予期せぬ展開に、頭が真っ白になる。

「手を貸すといっても、本業があるからな。基本的にはメールでのアドバイスと、休日に時間が取れればお前と一緒に営業に回ってやってもいい」

上から目線の言葉に抵抗を感じないといえば嘘になる。けれど、営業のプロである啓司に手伝ってもらえたら、どれだけ心強いだろうと思った。

「……じゃあ、おじさんの負担にならない程度に、相談にのってもらえますか？　あとで清水さんや事務員の人たちとも話し合って――」

一人で判断するのはよくないと、八千穂は返事を先延ばししようとした。

「そんな悠長なことを言ってる余裕はない。これからが一番出荷量が増える時期だろう？　ここでしっかり販路を広げておけば、来年の新酒の予約も取ることができるんだぞ」

啓司は八千穂の言葉を遮ると、ビジネスバッグの中から封筒を取り出した。

「毎年開催されている日本酒イベントのパンフレットと参加要項だ。あとは、百貨店の物産展や地方局が企画している蔵元を紹介する番組、それから――」

封筒から書類やパンフレットを取り出して座卓に並べながら、流れるように話す啓司に八千穂は呆気にとられる。

「顧客リストをたどるのも、地道にアポなしで訪問するのもありだが、今の時代はほかにいくらでもやりようがある」

「はぁ……」

「義姉《ねえ》さんに似たお前の顔なら、注目も集めやすいだろうしな……」

「……え？　顔？」

突然、自分の顔のことを出されてきょとんとする八千穂に、啓司はクリップで綴《と》じた数枚のプリントを放り投げてよこした。

「蔵……男子？」

おずおずとプリントを手に取ると、そこにはいくつもの酒造会社の名前とともに、蔵元や蔵人の顔写真が並んでいた。中には八千穂も知っている蔵元の名もある。

「去年の冬に始まったインターネット番組の企画だ。いわゆるイケメンといわれる蔵元にグループを組ませて、日本酒に関係するイベントを開催したり、地方でロケをしたりして、日本酒を広めようって企画だな。これにお前も参加してもらう」

「――え？」

啓司の言葉に、八千穂は耳を疑った。

「さ、参加……って、ぼくにテレビに出ろって言うんですか？」

驚きのあまりプリントを持つ手が震える。

しかし、啓司はしれっとした顔でどんどん話を続けた。

「手っ取り早く世間の注目を集めるのにはいい手段だ。だが、瞬発的に人の気を引くことができて、商品に触れてもらう機会が増えても、そのあとの手をしっかり打たんと意味がない。いつまでもアイドルじみた商法が通用するわけじゃないし、一度ついてしまったイメージはなかなか払拭できないからな。うちの酒にチャラいイメージを植えつけたくないだろう？」

じっと目を見つめて問いかけられ、八千穂は大きく頷いた。

「も、もちろんです」

「なら、顔出しする際にはメディアをしぼらないとダメだ。蔵男子企画も時期を見て抜けられるよう考える。それと、龍乃川酒造の公式ホームページやブログ、ＳＮＳも始めるんだ。更新は頻繁に、写真を必ず添えるようにしろ。あとは展示即売会のことだが、関東圏以外で開催されるものにもできるだけ出展したほうがいいな。それから、通販だが……今は電話注文のみだったな？」

「はい。うちは醸造量が多くないし人手も少ないので、電話注文だけでも充分だと判断しました。

……というか、じいちゃんがあんまり通販は乗り気じゃないんです。自分たちの手で直接お客様に届けたいという気持ちが強くて……」

八千穂が答えると、啓司は視線を湯呑みに注いで溜息を吐いた。

「……ったく、そんな甘い考えでいるから駄目なんだ」

龍乃川酒造の酒を広めたいという夢がある八千穂だったが、祖父の想いもよく理解できる。だから、息子である啓司の言葉は少し悲しく感じた。

「今はもう、待っているだけじゃ客はこないんだ。商品に……酒に自信があるんだろう?」

「え、ええ、はい！　どこの蔵にも負けないと思っています」

ほかの質問には曖昧《あいまい》にしか答えられなかったが、これだけはきっぱり答えた。

「だったら、とりあえず俺の指示に従っておけ。お前はまだ蔵元としてはもちろん、経営者としても素人だ。今の自分にできることは何か……。よく考えるんだな」

言いたいことを告げて満足したのか、啓司はそばに置いてあったビジネスバッグを手に取ると、やおら立ち上がった。

「その書類、全部目を通しておけよ。ほかにも改めてメールで指示を送る。ホームページの作成とブログ、SNSぐらいは自分でできるよな?」

八千穂を見下ろすその目の下にはひどい隈《くま》ができていた。

「……はい。できると思います」

「思います……じゃなくて、やるんだよ」

呆れ顔で溜息を吐き、啓司はさっさと座敷を出ていこうとする。

「あの、おじさん……」

「見送りはいい。それより、お前にはやることがあるだろうが」

背中越しに告げられて、八千穂は足を止めた。

「このあと、病院に寄ってから帰る」

啓司は振り向きもせず言い捨てると、大股で立ち去っていった。

「はぁ……」

スーツ姿が襖の向こうに消えた途端、大きな溜息がこぼれた。緊張に張り詰めていた糸がぷつんと切れたみたいに、畳に膝をついて項垂れる。

叔父が頻繁に顔を出すようになったのは、蔵の経営に口を出すためだろう。身内の親切心だと思いたいが、何もかも一方的に決められては、素直にありがたいと思えない。何より、何も言い返せなかった自分が情けなかった。

「なんだってこう、次から次に……」

祖父の急病に始まり、井戸水の味や湧水量の異変、龍王の鱗探しに蔵のこれからのこと――。

一度に多くの問題がのしかかってきて、逃げ出したい気持ちが湧いてくる。

「何をしているのだ」

不意に呼びかけられ、八千穂は弾かれるようにして顔を上げた。

「蘇芳……さま」

啓司が出ていった襖の向こうから、蘇芳と金魚たちがひょっこりと顔を覗かせる。

「何って、考えごとというか……」

みっともないところを見られちゃったな……。

薄く微笑んで立ち上がると、ふと思い浮かんだ疑問を蘇芳に投げかけた。

「そういえば、蘇芳様。おじさんもこの家の出身なのに、どうして蘇芳様たちの姿が見えなかったんですか？」

すると蘇芳はわざとらしく胸を反り返らせ、横柄な態度で答えた。

「祠を探してまわるのに、念のため姿が見えないようにしていたのだ。さすがのおれでも、誰が安龍家の血筋か瞬時には分からないからな。面倒ごとは少ないほうがいいだろう？」

なるほど……と思いつつ、同時に卑屈な感情がじわりと滲み出す。

――もう、面倒ごとだらけなんだけどな……。

沈んだ表情で項垂れていると、紅とクロが駆け寄ってきた。

「八千穂、元気ない？」

「あのおじさんに虐《いじ》められたの？」

心配そうに見上げる二人の頭を優しく撫でてやりながら、八千穂は首を左右に振った。

「ううん、大丈夫だよ。お仕事の話で難しい宿題を出されちゃってね。少し考えごとをしていただけだから心配しないで」

以前から、金魚鉢で泳ぐ紅とクロに愚痴《ぐち》や悩みごとを話していたせいだろうか。不思議と二人には素直に心の内を打ち明けられた。

「しかし、本当はあの男が苦手なのだろう?」

蘇芳にぴしゃりと言い当てられて、八千穂は苦笑を浮かべる。

「そんなことは……」

「おれは、あの男は大っ嫌いだ。お前と同じ血筋でありながら、肝が小さい上に見栄っ張りで救いようがない捻《ひね》くれ者だと一目で分かったぞ。あんな男に、おれの姿を見せてやるものか——っ」

蘇芳が嫌悪感をあらわにして吐き捨てる。

すると、紅とクロも同調して啓司への文句を口にした。

「あたしも好きじゃないわ」

「ボクもだ。だって、八千穂に悲しい顔をさせたもん」

「まったくだ。だいたい、なんだアイツのあの偉そうな態度は……」

蘇芳が漏らした言葉に、金魚と八千穂ははたと顔を見合わせた。

「偉そうな態度って……」

紅がくすっと笑うのに、八千穂は口の前に人差し指を立てて嗜《たしな》める。

「ダメだよ、紅」

「でも八千穂。偉そうだって言うなら、蘇芳様だってそうでしょう?」

クロが屈託のない表情で蘇芳を見やる。

つられて、八千穂と紅も蘇芳に目を向けた。

「なんだ、その目は……。おれがアイツと同じだとでも言いたいのか?」

蘇芳が赤い目を吊り上げて睨みつけるが、不思議と怖いとは思わない。

「おれは龍神だぞ？　人間に崇《あが》め奉《たてまつ》られる存在だ。偉そうではなくて、偉いんだ……っ！」

肩を怒らせて金魚たちを怒鳴《どな》る姿は、まるで駄々っ子のようだ。

そう思った途端、八千穂は思わず噴き出していた。

「あはは……っ」

腹を抱えて笑い出した八千穂を、紅とクロは不思議そうに見上げていたが、やがて一緒になって笑い始めた。

楽しそうに笑う二人を見ていると、暗く沈んだ気持ちが晴れてくる。

「まったく、ようやく笑ったか」

不意に、怒っていたはずの蘇芳が、妙に落ち着いた声を発した。

「あっ……あの、笑ったりしてすみません」

わずかに眉を寄せた蘇芳の表情を認め、八千穂は慌てて謝る。

しかし、蘇芳はとくに気にするふうもなく、どちらかというと呆れたような態度をみせた。

「別に謝ることはない」

そう言って、金魚たちを手招きする。

「だが、ふだんからもう少し今のように笑ったらどうだ。……暗い顔をした生贄など、見ているこちらの息が詰まる」

「はあ、すみません」

ついぺこりと頭を下げると、コツンと軽く旋毛《つむじ》を小突かれた。

「おい、謝るなと言ったばかりだろう」

「あっ」

慌てて顔を上げると、蘇芳が可笑しそうに微笑んでいた。

「まったく、お前は妙なヤツだな。……そもそも、龍神が恐ろしくないのか？」

神様らしくない親しみを感じさせる穏やかな笑顔に、八千穂の頬も自然とゆるむ。

「それは……。もちろん、最初は怖くてびっくりしましたよ。でも、鱗を探すのに少し時間をくださったり……」

素直に思ったままを告げる。

「今だって、ぼくのことを励ましてくださったでしょう？　だから、優しいところもあるんだなって……思ってます」

すると、蘇芳が赤い瞳を丸くして、じっと八千穂を見つめた。

何か失礼なことを言ってしまっただろうか……。

不意の沈黙に、八千穂の胸に不安が過る。

「あの、蘇芳様……？」

少し首を傾げるようにして呼びかけると、蘇芳はハッとして目をそらした。

「生贄にされるかもしれないというのに、なんとも呑気なヤツだ」

そう言う口許が、ふうわりと綻んでいる。

「だがまあ、イライラして心がささくれた人間の精気など、喰らっても美味くはない。お前はそうやって呑気に笑っていればいい」

背を向けてそう言うと、蘇芳は金魚たちを連れて離れのほうへ姿を消した。

音もなく歩き去る後ろ姿を見送りながら、すっかり胸が軽くなっていることに気づく。

「もしかして、励ましてくれたのかな……」

蘇芳の不器用な優しさに、戸惑わずにいられない。

彼は龍神で、大事な井戸水を蔵から奪おうとしているのに——。

「でも……」

鱗のことなど知らないと言ったとき、蘇芳はすぐさま八千穂を天界へ連れ去ろうとした。本来ならその時点で、井戸水も涸れていたはずだ。

だが蘇芳は猶予をくれると言った。

それがどのくらいの期間かは分からない。

結果として鱗が見つかっても見つからなくても、井戸水は涸れる運命にある——。

「くよくよ悩んでる暇なんか、ない……」

これからも酒造りを続けていくためには、龍王への不義理を許してもらう術《すべ》を考えなくてはならないだろう。

鱗を探し出し、今度こそきちんと祀ると約束したとして、はたして井戸水をもとに戻してもらえるかは分からない。それこそ、虫がよすぎると八千穂は思った。

心からの謝罪の証として、何か差し出さなければならない気がする。

そのとき、ふと脳裏を蘇芳の言葉が過《よぎ》った。

『これだけ美味い精気をもつ生贄を連れ帰れば、父上……龍王もきっとお許しくださるだろう』

――鱗を探し出したうえで、ぼくが生贄になれば……水は、涸れずに済む?

咄嗟に思い浮かんだ考えを、八千穂は慌てて打ち消した。

「……設備の問題だけで済めば、まだ……気が楽なんだけどな」

苦笑を浮かべると、湧水ではなく井戸の設備異常であることを祈ったのだった。


数日後、業者に汲み上げポンプや排水パイプなどを調べてもらったが、祈りも虚しくどこも異常がないという報告を受けた。その際、地下の水脈になんらかの変動が起こった可能性があるとも言われた。しかし、地下を調べるには専門の掘削《くっさく》業者に依頼しなければならないうえ、水が濁《にご》って今年の仕込みができなくなる可能性が大きい。

清水や蔵人たちと話し合った結果、今年は仕込む銘柄を一種類にしぼることにしたのだった。

【二】


十月の半ばを過ぎると、収穫された酒米が運び込まれ、いよいよ本格的な酒造りが始まった。

しかし、井戸水は日を追うごとに湧出量が減少していき、銘柄を一種類にしぼるどころか、その生産量を減らすことさえ検討しなくてはならない状況に陥っていた。

八千穂はその後、清水や叔父の啓司に龍王の鱗や祠のことを尋ねてみた。だが、二人とも何を言っているのか分からないという顔をしてまともに取り合ってくれず、結局、手がかりは得られないままだ。

蘇芳は金魚たちとともに鱗を探しているようだが、いまだに祠の場所すら掴めないでいる。

「まったく、二日も留守にするとは、生贄としての自覚がないんじゃないのか？」

インターネット番組の企画に出演するため、東京へ出かけていた八千穂に、蘇芳が忌《い》ま忌ましそうに声をかける。

時刻は夜の十一時をまわったところで、母屋も仕込み蔵もしんと静まり返っていた。

「すみません……。でも、お酒はちゃんと置いていきましたよね？」

床の前の座卓には、純米吟醸の四合瓶が置いてある。

蘇芳は八千穂が母屋から運んできた座椅子に胡坐を掻き、八千穂がとくに気に入っている猪口《ちょこ》でちびちびと酒を飲んでいる。その両脇では、紅とクロが麩菓子《ふがし》をつまんでいた。

「今回は自慢の自社銘柄を人気のある若手俳優さんたちに飲んでもらえる企画で、おじさんが絶対に出ろって……」

八千穂は軽く頭を下げると、営業活動のために新調したスーツを脱ぎ始めた。

叔父の啓司に言われるまま、八千穂は自ら広告塔となって駆けずりまわる日々を送っている。

大学の友人に頼んで龍乃川酒造の公式ホームページを作成し、ブログやSNSの更新も頻繁におこなっていた。とくにブログとSNSは開設当初から反響が大きく、啓司に言われるまま始めたネット通販の申し込みは電話申し込みの倍以上入ってくる。

また、八千穂のほっそりとした中性的な容姿が女性たちを中心に人気となり、イベントや即売会でも龍乃川酒造の酒が飛ぶように売れている。

「……それで、蘇芳様。ぼくのいない間に、祠は見つかりましたか？」

蘇芳が現れてからすでに半月ほどが経っていた。

「ここで酒を飲んでいるのを見れば分かるだろうが」

どうやら蘇芳は機嫌が悪いらしい。

――鱗が見つからないどころか、なんの手がかりもないいんだもんな……。

するとそのとき、ハンガーにかけたジャケットのポケットから、スマートフォンの通知音が聞こえてきた。

八千穂は急いで部屋着に着替えると、スマートフォンを手にチェックを始める。一週間前に収録した番組が今日配信され、その評判が気になっていたのだ。

自室の机の椅子に腰掛け、液晶画面を指でなぞる。いつの間にか増えていたフォロワーから、たくさんのメッセージが届いているのを見ると、なんとも言えず嬉しい気持ちになった。

だが、それも束の間、八千穂の表情はすぐに強張《こわば》り、画面をなぞる指の動きも鈍くなる。

「……八千穂、どうしたの？」

気づくと、すぐそばにクロと紅が立っていた。

「なんか、怖い顔になってるわよ？」

紅に指摘され、八千穂は強張った頬を意識してゆるめる。

「なんでもないよ」

無理に笑って言ったが、本当は声が震えそうになるのを我慢するのがやっとだった。

ＳＮＳを開設した当初は、好意的なメッセージがほとんどだった。しかし、インターネット番組に出演すると、途端に悪意のある誹謗中傷《ひぼうちゅうしょう》が寄せられるようになったのだ。

叔父に相談しても「有名税だと思えばいい、気にするな」の一点張りで、かえって名が売れていいとまで言い出す始末で、八千穂の気持ちなど少しも考えてくれない。

「でも、やっぱり元気ないよ？」

「八千穂、ちょっと細くなったみたい」

椅子に座った八千穂の膝に小さな手を添えて、金魚たちが心配そうに見上げる。

「うーん。ほんと言うとね、忙しすぎてちょっとだけ疲れてる……かなぁ」

笑みを浮かべて曖昧に答えると、紅とクロが顔を見合わせた。

「じゃあ、八千穂。どうしたら元気になるの？」

「蘇芳様みたいに、お酒飲む？」

「あはは……。たしかにお酒を飲むと元気になることもあるけど……」

あどけない笑顔を見ているだけで、悪意に満ちた言葉で傷ついた心が癒やされるようだ。

「そうだなぁ……。納豆が食べられたら、元気になれるかも」

ふと思いついた好物の名を挙げると、金魚たちは揃って首を傾げた。

「でも、今は食べられないんだ。学生の頃は、毎日食べてたんだけどな」

酒蔵で働く人間は、基本的に仕込みの時期には納豆を禁じられる。納豆菌が麹米《こうじまい》に付着して繁殖すると、ヌルヌルとした納豆みたいな麹になり、いい酒ができないからだ。ほかにはヨーグルトやキムチなどの発酵食品も控えなくてはならない。

「えー。ほかにはないの？」

「ボクたちにして欲しいことでもいいよ」

健気な二人の言葉に、嬉しくて泣いてしまいそうだ。

「ありがとう。でも大丈夫。二人の気持ちだけで充分だよ」

金魚とはいえ、こんな小さな子供たちに心配をかけるなんて情けない。

このまま、井戸の水が涸れてしまったらどうしよう……。

そう思うとどうしても暗い気分になる。

蘇芳が鱗を見つけられずにいるように、八千穂も龍王への贖罪《しょくざい》を思いつけずにいた。せめてもと出した答えは、販促活動を頑張って今まで以上に売り上げを伸ばし、もしものときに井戸を調査するボーリングの費用を稼ぐことぐらいだった。

――やっぱり、生贄になるしかないのかな……。

自分の無力さや打たれ弱さに落ち込みつつも、顔を上げて笑ってみせる。

「蔵人さんたちが頑張ってるのに、蔵元のぼくが弱音なんて吐いてちゃ駄目だしね」

「おい、金魚ども。お前たちは誰の眷属か忘れたのか？」

そこへ、蘇芳が恨めしそうな声で問いかけてきた。

「ちゃんと分かってるわ。だから、鱗探しだって、お酒のお酌だって毎日手伝ってるでしょ？」

「蘇芳様のおかげでこうやって八千穂とお話しできるんだ。とっても感謝してます」

金魚たちの言葉を聞いて、蘇芳は怒っているのか、拗ねているのか分からない顔をする。

「…あの、蘇芳様。企画で一緒になった蔵元さんからお土産をいただいたので、よかったらいかがですか？」

金魚たちに目配せをすると、八千穂は土産に持たされた紙袋を手に立ち上がった。中には四合瓶の酒が数本入っている。

「ぼくも試飲させてもらったんですが、どれも美味しくて――」

だが、床の間へ足を踏み入れると同時に、蘇芳の不機嫌な声が返ってきた。

「いらん。龍神によってもたらされた泉の水か、その水で仕込んだ酒以外は口にできんからな」

言われて、最初に蘇芳と出会った夜のことを思い出す。

『鱗を探すために地上に残る間、泉の水で仕込んだ酒、そしてお前の精気を差し出すと約束するなら……猶予をくれてやってもいい』

——そういえば、あれからキス……されてないな。

ふと、思い出さなくてもいいことまで頭に浮かんで、八千穂は急に気恥ずかしくなった。毎日の出荷作業や、叔父からの指示にしたがって営業で駆けずりまわる日々を過ごすうち、精気のことなど頭から抜け落ちていたのだ。

「それにしても、ひどいやつれっぷりだな。……生贄として連れ帰る前に倒れたりするなよ」

ちらっと八千穂を見やって、蘇芳は猪口を口に運ぶ。

「大丈夫ですよ。慣れないことばかりで、要領が摑めないから……ちょっと疲れてるだけです」

答えながら、座卓の向かい側に正座して、土産が入った紙袋を脇に置いた。

すぐに紅とクロが寄ってきて、八千穂を挟んでちょこんと座る。

「おれには理解できんな。どうしたって水は涸れると決まっているのに、なぜ、そこまでして蔵を守ろうとするのだ？」

続けて酒を飲みながら、蘇芳はそれほど興味がなさそうに問いかけてきた。

「蘇芳様には無駄なことに見えるかもしれませんけど、何もしないより、自分にできることを頑張ろうって……」

酒造りは素人も同然で、蔵元としても信用がない。そんな自分が蔵のためにできることがあるなら、精一杯やり遂げたいと思っている。

「何よりぼくは、お酒が……いえ、この蔵が大好きなんです。どうしてもここで、あの美味しい水でお酒が作りたい。……うちのお酒を知ってもらいたい……」

八千穂はまっすぐに蘇芳を見つめて告げた。

「それで？」

するとと、何を思ったのか蘇芳が手にしていた猪口を座卓に置いて八千穂を見つめた。

「えっと……」

「いいから続けろ」

言われて、八千穂はコクリと喉を鳴らし、一度深呼吸してから口を開いた。

「きっと、鱗のおかげなんでしょうね。うちの井戸水はどこにもない味わいがあるんです」

学生時代、二十歳になると同時に、数々の蔵元を訪ねて酒と仕込み水を味わってきた。

「なぜ、違いが分かる？」

「ちゃんと調べたわけじゃないんですけど、ぼくは舌が敏感というか、味覚が発達してるみたいなんです。ほかの人が気づかない違いを感じたりできるんですよ」

おかげで、井戸水の変化にもいち早く気づくことができた。といっても、蔵の誰もまともに取り合ってくれなかったが……。

「……ほう。それで、あの水の味はほかとどう違うのだ？」

「はい。舌触りや喉越しが軽やかで、すっきりとした甘みが舌をまろやかに包み込むんです。日本にはたくさん名水と呼ばれる泉があるけど、ぼくはうちの井戸水が一番美味しいと思っています」

けっして驕《おご》りではない。八千穂は本心から、裏山の麓から湧き出る井戸水を誇りに思っていた。

「だから、蘇芳様」

八千穂は畳にそっと三つ指をつくと、まっすぐに蘇芳を見つめた。

「鱗のことは、本当に申し訳ないと思っています。けど、やっぱり酒造りを諦めることはできない。あの水を失うなんて、考えられないんです」

途端に、蘇芳の表情が険しくなる。

「今さら、何を言い出すのかと思えば……。約束を違えたのはお前たち人間だ。いずれ井戸の水は涸れる運命にある。悪足搔《わるあが》きはやめてさっさと諦めろ」

冷ややかに突き放されて、八千穂は咄嗟に胸に秘めた想いを口にしていた。

「いいえ、諦められません。お願いです、蘇芳様。ぼくはどうなっても構いません。生贄として命を差し出してもいい。ですからどうか、井戸水を涸らさないで済むよう、龍王様にお願いしてください……っ」

一気にそう言うと、八千穂は深々と頭を下げた。

するとすかさず、紅とクロが八千穂を真似て土下座するのが視界に入ってきた。

「蘇芳様、八千穂のお願いを聞いてあげて！」

「龍王様に頼んであげてください！」

——ありがとう。紅、クロ……。

目頭が熱くなるのを感じつつ、二人の優しさに心の中で感謝する。

やがて、しばらくの沈黙のあと、蘇芳が盛大な溜息を吐いた。

「はぁ、まったく……」

低く呟く声に続いて、衣擦《きぬず》れの音が聞こえる。

そっと顔を上げて窺うと、蘇芳が床の前に立ち上がって、肩にかかった長い髪を手で払うところだった。

「まるでおれが責められているみたいではないか」

舌打ちして吐き捨てると、蘇芳は唇を軽く尖らせる。

「そ、そんなつもりはないんです。ただ、ぼくの気持ちを龍王様に伝えて欲しくて……」

はたと気づいて、八千穂は慌てて言い訳をした。金魚たちもすっかり怯えてしまっている。

「そんな虫のいいことがよく言えるな。そもそもお前たちに非があることを忘れるな。それに、父上にお前の気持ちを伝えられたとしても、それはもう……井戸が涸れたあとのことだ」

「……あ」

愕然として色を失う八千穂を見て、蘇芳がまた溜息を吐く。

「そうやって辛気臭い顔でおれを見るな。気分が悪くなる……」

八千穂を見下ろすその表情には、怒りではなく悔しさが滲んでいた。

「蘇芳様……」

自分の不甲斐なさに歯嚙みするような表情の蘇芳に、八千穂はかける言葉を見つけられない。

「少し空を散歩をしてくる」

蘇芳が言葉を発すると同時に、紅とクロの姿が突然消える。そして次の瞬間には、金魚鉢でリュウキンとデメキンが泳いでいた。

そのまま足音を立てずに滑るように床の間を出ていこうとした蘇芳だったが、障子を開けて縁側に出る手前でふと足を止めた。

「八千穂」

「は、はいっ」

急に名前を呼ばれ、八千穂は姿勢を正した。

「それにしてもお前は、酒のこととなると途端に饒舌《じょうぜつ》になるな。可笑しなヤツだ」

「……えっと、その、すみません」

上目遣いに見つめたまま軽く頭を下げると、蘇芳がやれやれといった様子で苦笑を浮かべた。

「謝ることはない。言っただろう？　謝るぐらいならふだんから笑えと――」

美しい、けれどどこか寂しさを感じさせる微笑に、八千穂は思わず見惚れてしまう。

蘇芳はそのまま背を向けると、縁側から中庭に出ていってしまった。

八千穂はその夜、眠りの淵へと沈んでいきながら、遠くに雷鳴を聞いた。それから少しすると、雨が降り始めた。

耳に心地よい雨音は、八千穂を優しく眠りに誘《いざな》う。

雷は、遠くでずっと鳴り響いていた。

雷や雨音を聞きながら寝入ったせいだろうか。

八千穂は不思議な夢を見た。

途切れ途切れに雷が響く空から、墨色の雲を裂くようにして一頭の龍が現れると、龍乃川酒造の上空をゆっくり旋回する。

稲光が瞬く中、霧雨《きりさめ》が白く煙《けぶ》って巨大な龍の姿はおぼろにしか見えない。

ときおり、空に龍の切なげな咆哮《ほうこう》が響き渡る。

龍の声はブルースを奏でるトランペットの音に似ていて、深い憤りに噎《むせ》び泣いているみたいに聞こえる。

暗い空に長く尾を引く声を聞いていると、八千穂は胸を締めつけられるような痛みを覚えた。

そうして、どれほどの時間、龍は上空を旋回していただろうか。

やがて、一際高い咆哮を放つと、ゆっくりした動きで雲の中へ姿を消していったのだった。


翌朝、母屋の台所で朝食の支度をしていると、清水が血相を変えて駆け込んできた。

「おい、八千穂……っ」

清水は杜氏としての責任感が強く、毎日朝食前に出勤して蔵の様子を確認している。

興奮に顔を赤らめ、息を弾ませる姿に、八千穂はいよいよ井戸水が涸れてしまったと思った。

「おはようございます、清水さん……」

緊張を押し隠し、いつもとかわらない挨拶で清水を出迎える。

すると清水は返事もせず、唾を飛ばして叫んだ。

「井戸の水が……っ。うっ……ゲホッ、ゴホッ」

よほど焦っているのだろう。清水は何か言いかけて激しく咳き込んだ。

「大丈夫ですか、清水さん?」

印半纏の背中を摩《さす》ってやると、清水は肩を上下させて喘ぎつつ笑みを浮かべる。

「も、戻ったんだ……っ」

「――え」

予想に反した笑顔に戸惑う八千穂に、清水は顔をしわくちゃにして続けた。

「もうっ……いつ涸れてもおかしくないと思ってたのに、今朝……すっかりもとどおりに、水が湧き出していやがったんだ……」

大きな手で八千穂の両肩をガシッと摑むと、ゆさゆさと前後に揺する。

「昨日、夜中に雨が降っただろ? もしかするとあの雨が呼び水になったのかもしれんなぁ」

最近、八千穂の前では険しい顔でいる清水が、まるで子供みたいに屈託なく喜びを爆発させる。

思えば、両親を失った八千穂に、清水はいつもこの笑顔でまるで父のように接してくれていた。

「とりあえず、今取りかかっている分の生産量は減らさずに済みそうだ。……よかった。本当によかったなぁ、八千穂」

目に涙まで浮かべ、清水は八千穂を抱き寄せて背中や肩をバンバンと叩いた。

「うん、本当によかったです……」

そっと清水の背中に腕をまわして安堵の息を吐く。

「じゃあ、今日はタンクの水じゃなく、直接汲み上げた水でごはん、炊きますね」

抱擁《ほうよう》を解くと、八千穂は目を赤くした清水に向けて、そう言って笑ったのだった。

＊　＊　＊

パタパタと小走りに駆ける足音が聞こえて、蘇芳は座卓に突っ伏していた顔をわずかに上げる。

すると、障子がスゥッと開いて、八千穂が顔を覗かせた。

「……蘇芳様、戻ってらっしゃいます？」

すかさず、座卓の脇に座って酌をしていた金魚たちが、脇目も振らず八千穂に駆け寄っていく。

「あっ、八千穂だ。おはよう！」

「ねえ、疲れは取れた？」

「おはよう。紅、クロ。もうすっかり元気になったから大丈夫だよ」

蘇芳は横目で、金魚たちが八千穂にじゃれつくのを眺めた。

――まったく、誰が主だと思ってるんだ。アイツら……。

悪態を吐きたくても、身体が怠《だる》くて声を発するのも億劫だ。座卓に肘をついてもたれかかったまま、重い溜息を漏らす。

後ろ手に障子を閉めると、八千穂は蘇芳の姿を認め、パッと表情を明るくした。

疲れ果ててまるで元気のなかった昨夜の姿が想像できないほどの変化に、蘇芳は目を丸くする。

「よかった。お帰りだったんですね。ぼくが起きたとき姿が見えなかったから、少し気になっていたんです」

「おれがどこで何をしようと、お前には関係ないだろう」

八千穂が蘇芳から見て右側に正座するのを視界に捉えつつ、のろのろと重い身体を起こした。

八千穂の両脇には、そうするのが当然とばかりに金魚たちがちょこんと座る。

「……で？　いったいどうしたのだ。いつもならこの時間は母屋で蔵人たちと食事をしている時間だろう？」

飲みかけたまま放置していた四合瓶を手にすると、手酌で猪口に酒を注ぐ。

「聞いてください。井戸水が、もとどおりに湧き出したんです。しかも、前よりも深い甘みがあって、すごく美味しくなっていたんですよ！」

八千穂が目をキラキラと輝かせ、まっすぐ蘇芳の目を見つめて告げる。

「えっ！　本当に？」

「わぁ、よかったねぇ。八千穂」

金魚たちが八千穂に抱きついて喜ぶのを尻目に、蘇芳はちびりと酒を舐めた。

「うん。今年は種類も生産量も減らさないといけないと思っていたから本当に嬉しいんだ」

頬をほんのりと上気させ、これ以上はないくらい幸せそうに笑う八千穂から、蘇芳はどうしてだか目が離せない。

「あの、蘇芳様。つかぬことをお伺いしますけど……」

「な、なんだ」

嬉しそうに微笑む横顔を盗み見ていたところへ不意に呼び掛けられて、蘇芳は慌ててそっぽを向いた。

「もしかして、井戸水がまた湧き出したのって、蘇芳様が何か……」

見えていなくても、八千穂がじぃっと蘇芳を見つめているのが感じ取れる。

「……まったく、つくづく人間というのは短絡的で、おめでたい生きものだな」

わざとぶっきらぼうに言って、蘇芳は酒を一気に呷った。

「龍王の鱗を取り戻しにきたおれが、どうして井戸水を復活させなければならんのだ？」

酒を注ぎ足しながら言い返すと、八千穂の顔から微笑みが消える。

「それは、そうですけど……」

ぼそぼそと独り言のように続ける八千穂の横顔を、蘇芳はちらりと窺った。

「清水さんが、あの雨が呼び水になって井戸水が湧き出たんじゃないかって言ってたから……」

キラキラと輝いていた瞳を曇らせ、八千穂はしゅんとなって項垂れる。

自分の言葉で八千穂がこうも簡単に落ち込むのかと思うと、胸がざわざわとして落ち着かない。

——さっきまであんなに嬉しそうに笑っていたのに……。

「昨夜、蘇芳様が離れを出ていったあと、雷が鳴って雨が降ったでしょう？　だから、あの雨は蘇芳様が龍神の霊力を使って降らせてくれたのかなって……」

すっかり元気を失った八千穂を、紅とクロが今にも泣き出しそうな顔で見つめる様子が、まるで自分を責めているように蘇芳には感じられた。

「もしそうだったら、蘇芳様にお礼を言わなければと思って——」

「わざわざそのために、仕事の途中で戻ってきたのか？」

酒を飲む手を止めて尋ねると、八千穂が上目遣いに見つめて頷いた。

「はい。少しでも早く、伝えたかったので……」

真っ黒い瞳に、拗ねた自分の顔が映るのを認めた瞬間、蘇芳は胸がギュッと締めつけられるような痛みを覚えた。同時に、どんなに強い酒を飲んでも熱を感じない胃の奥が、カッと熱くなる。

「でも、勝手な思い込み……」

「たしかに、昨夜の雷雨はおれがもたらしたものだ」

龍の姿で空を舞うと、雨風や雷が生まれる。いにしえの人々が雨乞いで龍神を呼んだのはそのためだ。

「だが、それと泉の水が関係しているかは、おれの知ったことではない」

まさか、本当のことなど言えるはずがない。

明言を避けた蘇芳だったが、八千穂の反応は想定外のものだった。

「やっぱり！　散歩に出かけたのは、雨を降らせるためだったんですね？」

何をどう受け取ったのか、八千穂は座卓に手をついて身を乗り出すと、喜びを顔いっぱいに漲らせた。そして、澄んだ黒い瞳で蘇芳を見つめる。

「鱗のことで迷惑をかけているのに雨を降らせてくださって、本当にありがとうございます」

「おい、言っておくがあの雨に特別な意味など……」

どうにかして誤解を解こうとしても、八千穂は聞き入れようとしない。

「ええ、分かってます。でも、もしかしたら……あの雨のおかげかもしれないでしょう？」

あまりの八千穂の喜びように、蘇芳はそれ以上何も言えなくなる。ましてや、さっきみたいに浅はかな考えだと、嘲笑うことなどできるはずもなかった。

「井戸水のことは、正直、まだまだ不安ですけど、これで今年の仕込みができると思うと、ほんと……本当に嬉しいんです」

けっして派手ではない、けれどふわりとしてあたたかさが感じられる笑顔を向けられ、原因の分からない胸苦しさを覚える。

「ほんの欠片《かけら》でも、酒造りを続けられる希望を持つことができたのは、やっぱり蘇芳様のおかげだと思うんです」

父である龍王の鱗を蔑ろにした相手だというのに、八千穂の悲しげな顔よりも笑っている顔が見たいと思うのは、いったいどうしてだろうか。

「おれの、おかげ……？」

「はい」

八千穂がてらいのない笑顔を向ける。

「お前は本当に……酒造りが好きなのだな」

八千穂のひたむきな想いに、蘇芳はこれまで抱いたことのない愛しさが込み上げるのを感じた。

それと同時に、唇が勝手に動く。

「おれのおかげだと言ったな、八千穂？」

かすかに上擦った声には余裕がなく、まるで他人の声みたいに聞こえる。

「そう思うなら、精気を喰《く》らわせろ」

「……えっ」

途端に八千穂が顔を赤く染めた。初心《うぶ》な八千穂のことだ。生贄としての素質を確かめる際、口を吸われたことを思い出したのだろう。

ふいっと顔を背け、乗り出した上半身を遠ざけようとするのをすんでのところで腕を摑んで捕まえる。

「お前が二日も留守にしていたせいで、酒を飲むだけでは霊力が回復しないのだ」

まるきりの嘘ではない。

今朝方、離れに戻ってきてから、蘇芳は全身の倦怠感《けんたいかん》と肩のあたりの痛みに苦しんでいたのだ。

しかし、そのことを八千穂に話すつもりは毛頭ない。

「で、でもっ……。もうずっと、お酒だけで大丈夫だったじゃないですか……っ」

戸惑い、恥じらう姿を見ていると、どうしようもなく抱き締めたくなる。

「拒むことは許さん。おれが地上にいる間、精気をよこすと約束したではないか。鱗探しもろくに手伝わないくせに、精気までよこさぬつもりか？」

「そ、それは……っ」

ハッとしてバツが悪そうな表情を浮かべると、八千穂は素直に抵抗をやめた。

「観念しろ、八千穂」

祠や鱗は勝手に探すと言っておいて、我ながらひどい言いがかりだ。そう自覚しつつ、ぐいっと腕を引いて抱き寄せる。

「あっ！」

胡坐を掻いた膝に抱き竦め、小さな頤《おとがい》をしっかり摑んで八千穂の顔を上向かせた。まるで誘うように開かれた唇を目前にして、いざ口づけようとしたそのとき――。

「蘇芳様、やめてください！」

「八千穂を虐めないでよっ！」

クロと紅が蘇芳の肩と腰にしがみついてきた。

「何をする……っ」

しっかと八千穂を抱き締めたまま、蘇芳はギロッと金魚たちを睨みつけた。

しかし、二人は頑《がん》として引く様子はない。

「お前たち、主の邪魔をする気か……」

頭にきて怒鳴りつけようとしたところへ、八千穂がおどおどした様子で口を挟んできた。

「あ、あのっ……。紅、クロ……これは別に虐められてるわけじゃないんだ……」

よほど気恥ずかしいのか、顔を真っ赤にして瞼をギュッと閉じたままだ。

腕の中で小さく震える姿を見ていると、いっそのこと龍となって丸呑みにしてやりたい衝動が駆け抜けた。

「まったく、手間のかかる――」

こっそり悪態を吐くと、蘇芳は何か言いたげな金魚たちを一瞥した。

直後、「ちゃぷん、ちゃぽん」と水音をさせて、紅とクロが金魚鉢に戻る。

「え――?」

水音に気づいた八千穂がそっと目を開けて後ろを振り向く。そして、赤いリュウキンと黒デメキンが元気よく泳ぐのを認めると、驚いたように目を瞬かせた。

「邪魔者はいなくなった。気になるというなら、結界も張ってやろうか?」

早口で言うと、蘇芳はぽかんと開かれた八千穂の唇へ、噛みつくように口づけた。

「はっ……」

息を吸うような喘ぎ声を漏らす八千穂の眉間に、きゅっと愛らしい皺《しわ》が刻まれる。

――愛らしい?

すぐ目の前でみっしり生えた睫毛《まつげ》が小刻みに震えるのを見つめながら、蘇芳は自分の中に芽生えた未知の感情に戸惑っていた。

だが、それもほんの一瞬のこと。

すぐに蕩《とろ》けるような甘さと芳醇《ほうじゅん》な香りに満ちた、八千穂の精気に夢中になる。

「ふ、うぅ……っ」

八千穂は相変わらず不慣れな様子で、ときどき鼻を鳴らすようにして息継ぎをした。はじめこそ拒むように蘇芳の胸を押し返していた手で、今は懸命に縋ってくるのが可愛《かわい》らしい。

「そんなに硬くなるな」

蘇芳の衣装にしがみついて、緊張に身体を強張らせる八千穂に囁いてやる。

すると、八千穂がそっと目を開けた。だが、すぐに蘇芳の首許あたりに視線を落とすと、消え入りそうな声で呟く。

「で、でも……。こんなことで、本当に精気をあげられるんですか……？」

真っ赤に熟した果実のような耳にかぶりつきたいのをぐっと堪え、蘇芳は抱いた腰を摩りながら答えた。

「ふだんなら、人間に触れることなく精気を喰らうことができる。だが、お前が二日も留守にしたせいで今は霊力が衰えている」

蘇芳の手の動きに反応して、八千穂が小さく身じろぎするのがなんとなく嬉しくて、尻や腹まで撫でまわしながら続ける。

「だから今は早急に、そして濃度の高い精気を取り込まなければならない。そうしないと——」

「そ、そうしないと……?」

恐る恐る目線を上向けた八千穂に、蘇芳は目を細めて囁いた。

「霊力が保てず、天界に戻れなくなる」

「——えっ」

八千穂がぎょっとして目を見開いた隙に、服を捲り上げて薄い下腹へ直接触れてやる。

「な、何するんですか……っ」

「性衝動を呼び起こし、お前の性的興奮を高める」

「せっ、せせ……」

ひどく驚いた様子で、八千穂が目を白黒させる。その瞳には激しい困惑と羞恥がありありと滲んでいた。

「性衝動は生命を生み出すための強く激しい衝動だ。性的興奮が高まった人間の精気は、生きる力に満ちている。その精気を直接喰らえば、たちどころに霊力が漲るのだ」

「せ、性衝動……って。ぼ、ぼくは男ですよ?」

「男も女も、神であるおれには些細なこと。穢れを知らぬ身と心こそが重要なのだ。その点、八千穂は申し分ない」

蘇芳はそう言うと、八千穂の胸に左手でやんわりと触れてやった。

「うわぁ……っ! ど、どこ触ってるんですかぁ……っ」

八千穂があられもない悲鳴をあげて逃れようとする。

「何も取って喰らおうというわけではない」

蘇芳は小さく息を吐くと、一度、左手を離した。そして、暴れる八千穂の身体を右手でしっかと抱え込んで、座卓に置いてあった猪口を手にする。

「少し落ち着け、八千穂」

宥《なだ》めるように声をかけてから猪口の酒を口に含むと、そのまま八千穂に口づけた。

強引に酒を八千穂の口内へ流し込んだせいか、唇の端から少しこぼれてしまう。

「うぅ……っ」

それでも、八千穂は二度ほど喉を鳴らして酒を嚥下《えんげ》した。

「どうだ、美味いだろう?」

唇と唇の間にわずかに隙間を作ったまま囁き、またすぐに重ねる。

「……ふっ、うぅ……ん」

鼻から抜けるあえかな喘ぎを聞きながら、縮こまった舌に己の舌を絡めた。そして、そのまま芳醇な酒の風味を帯びた舌を存分に味わう。

「お前の精気をまとうと、酒がいっそう甘く感じるな」

ひとしきり八千穂の舌の味を噛み締めてから口を離すと、蘇芳は思ったままを告げた。

いつの間にか八千穂の身体はすっかり緊張が解けて、強く腰を抱く必要もなくなっている。

「……え?」

何を言われたのかきちんと理解できていないらしく、八千穂は焦点の定まらない目で蘇芳を見上げる。ほんのり上気した目許には、ふだんの姿からは想像できないほどの色香が感じられた。

「舌を吸われてそのような顔をするとは……。本当に敏感な舌をしているのだな」

精気の味わいがより深まっていることから、八千穂が性的快感を得ていることは明らかだ。

「もっと、気持ちよくしてやる」

仕事で忙しく駆けまわり、愛想笑いばかり浮かべている八千穂が、自身の腕の中で無防備に艶《つや》っぽい表情を晒すのに、蘇芳は堪らない気持ちになった。

精気を得るという目的が頭の隅に追いやられ、ただ、八千穂の快感に喘ぐ仕草が見たい——という想いが募る。

「だから、八千穂……」

魅力的な容貌を隠す前髪を払い、形のいい額に唇を落とすと、祈るような気持ちで囁きかけた。

「おれを拒むな——」

額に押しつけた唇を離すと、八千穂がとろんとした目で不思議そうに見上げてくる。初心で純真な八千穂にとって、他人の手で与えられる快感は過ぎたものらしい。

「……もう、いいんですか?」

八千穂が潤んだ目で見つめたまま小さく首を傾げた。

そのあどけない表情に、蘇芳は一瞬、理性を手放しそうになる。

「まったく……人を焚きつけるのがうまいな」

自嘲の笑みを浮かべつつ呟いて、蘇芳はふたたび甘露な唇を塞いだ。

乱暴に唇を吸い上げると、八千穂が惑うように蘇芳の衣装を強く握る。まるで「もっと――」と強請《ねだ》られているような気がして、そのまま口腔へ舌を捻じ込んだ。

「ふっ……ぅん」

鼻から抜ける吐息までが、甘く濃密な精気となって蘇芳を酔わせる。

抵抗しなくなった痩身《そうしん》を右腕で抱き支えると、口づけたままふたたび八千穂の胸許へ手を滑り込ませた。肋骨《ろっこつ》がうっすら感じられる胸をそろりと撫で、指先が小さな肉芽に触れた瞬間、八千穂が一際大きく身体を震わせた。

「ウゥン……ッ！」

はずみで口づけが解けて、八千穂の口から熱い吐息と嬌声《きょうせい》がこぼれる。

「あぁ……、やぁ」

「ここが、気持ちいいのだな？」

胸の突起を指で弾いてやると、酒と唾液で濡れた唇から愛らしい喘ぎを立て続けに漏らした。

「ちがっ……、そんなんじゃ……ない」

「嘘を吐くな。乳首をいじると精気の濃さがいっそう増すぞ」

ふくよかでコクのある純米酒を思わせる精気を得て、霊力が満ちていくのを感じる。怠くて言葉を口にするのも億劫だったたのが嘘のようだ。

「もう、何も……言わないでくださ……っ」

快感に身悶えつつ、八千穂が涙目で訴える。

だがそれは、蘇芳を喜ばせるだけだ。

「そんな目で見られると、もっと感じさせてやりたくなる」

目を細めながら言うと、蘇芳はもう一度、八千穂に口づけた。同時に、すっかり勃《た》ち上がった乳首を指先で摘《つ》まんで刺激を与える。

「ふっ……ぅん、むぅ……」

切なげに眉間に皺を寄せる八千穂の表情を盗み見つつ、蘇芳は濃密で甘い精気に酔い痴《し》れたのだった。


「お前のおかげで、このとおりすっかり元気になった」

八千穂の精気をたっぷりと得て、蘇芳は自分でも驚くほど霊力が漲るのを感じていた。

「それは、よかったですね……」

気恥ずかしいのか、八千穂は座卓から少し離れた場所で蘇芳に背を向けて座っている。

「でも……ああいう方法じゃなくて、違う方法はないんですか？」

快感の余韻が残っているのだろうか。黒髪の隙間から覗く耳はまだ赤く、背中を丸めてもじもじと小さく身を揺すった。

「ああいう方法……？」

「えっと、さっきの行為そのものと言いますか……」

龍乃川

ちらっと蘇芳を見たかと思うと、八千穂はすぐにふいっと顔を背ける。

「もしかして、性的興奮を高めることを言っているのか？」

「そ、そうです。たしかに精気を差し上げる約束はしましたけど、ああいった行為はふつう……こ、恋人同士とか夫婦がすることで——」

八千穂が何を言わんとしているのか分からず蘇芳は首を傾げた。

「おい、八千穂。おれは龍神だぞ。人間の価値観を押しつけるな。おれにとって精気を得る行為は、人間でいうところの食事のようなものなのだ」

蘇芳の言葉に、八千穂がゆっくり振り返って睨むように見つめる。

「……蘇芳様にとってアノ行為は、あくまでも食事だってことですか……」

「分かりやすく伝えるのにそう言っただけだ。おれたちは基本的に何かを食べて身体を維持しているわけではないからな」

「そう……ですか」

ショックを受けたような表情で俯く八千穂に、なぜだか胸にチクリとした痛みを覚える。

「じゃあ蘇芳様は、その……ぼくの精気を食べてるとき、ドキドキしたりしないんですね？」

「それは、おれも人間と同じように性的に興奮するか、ということを尋ねているのか？」

問い返すと、八千穂が小さく頷いた。

「それはないな。そもそも、龍神は生殖活動を必要としないから、性衝動に駆られることもない」

「え？　だったら蘇芳様はどうやって、生まれたんですか？」

「何も不思議なことはない。優れた力をもつ龍神が龍王となり、その神気をもって卵を作り出す。龍神はその卵から生まれるのだ」

「……はぁ」

八千穂は理解したのかどうか、判別のつかない浮かない顔をしている。どことなく不機嫌そうにも見える表情に、蘇芳は苛立ちに似たざわめきを覚えた。

――さっきまでおれの腕の中で気持ちよさそうな顔をしていたくせに……。

そんな考えが頭に浮かぶと同時に、勝手に口が動いていた。

「しかし、人間は快楽に弱いと聞いていたが、八千穂を見ているとそれも頷ける。羨ましいぐらいに、気持ちよさそうな顔をするからな」

すると八千穂が急にキッと蘇芳を睨みつけてきた。赤かった耳はすっかりもとに戻って、かわりに顳顬《こめかみ》に青筋が浮かんでいる。

「馬鹿にするのもいい加減にしてくださいっ！」

突然怒り出した八千穂に戸惑い、蘇芳は慌てて言い返す。

「違うぞ、八千穂。馬鹿になどしていない。人間はただ浅ましい生きものだと聞いていたのに、お前を見ていると可愛らしいところもあると分かって……それで――」

途中まで言ったところで、不意に八千穂の視線が気になった。すると、なんとなく照れ臭いような気分が込み上げてきて、堪らず目をそらしてしまう。

「どうせならもっと……八千穂を気持ちよくしてやりたいと思っただけだ」

吐き捨てるように言うと、蘇芳は四合瓶を手に取って勢いよく猪口に酒を注いだ。あまりの勢いに酒の滴《しずく》が飛び散る。そして猪口になみなみと注がれた酒を一気に呷った。

「……あの、蘇芳様？」

「そんなことより、お前、仕事はいいのか？」

八千穂の目から逃れるように俯いたまま問いかけると、八千穂が慌てて立ち上がった。

「ああっ！　ネットの注文表と宅配ラベルの打ち出し、事務員さんがくるまでに終わらせないといけないのに……っ」

慌てて飛び出していこうとするのに、蘇芳は抑揚のない声で告げる。

「心配しなくても、途中から結界を張っておいたからそれほど時間は経っていない」

「……え？　そ、そうなんですか？」

足を止めて八千穂が振り返る気配がしたが、蘇芳は手にした猪口を見つめたまま続けた。

「なあ、八千穂。また泉の水が減ったり……涸れたりしたら、お前はどうする？」

これまでの流れとはまるで脈絡のない問いかけに、八千穂が一瞬、黙り込む。

「……とりあえず、できることをすると思います。水脈を調べたり……」

予想外に思い詰めた顔で呟くように答えるのに、蘇芳は引っかかりを感じた。

「今の時代、生きていくためなら、水道水とやらもあるだろう？　酒造りもこの地にこだわらなければ――」

すると蘇芳の言葉を、八千穂が遮った。

「蘇芳様。あの井戸の水じゃなきゃ駄目なんです。あの井戸水はぼくにとって唯一無二……。大袈裟だって思われるかもしれないけど、命よりも大事なんです」

ふだんの八千穂からは想像できない凛《りん》として張りのある声に、蘇芳はそっと顔を上げた。

「そうか……」

黒い瞳に浮かんだ強い意志を認め、そう言って頷く以外できない。

蘇芳は薄く微笑むと、あっちへいけとばかりに手を振った。

「もういい。仕事に戻れ」

八千穂は少し躊躇《ためら》う素振りを見せたが、やがて「じゃあ、失礼します」と言って母屋へ戻っていった。

パタパタという足音が遠ざかっていくのを聞きながら猪口を傾ける。その脳裏には、井戸水が戻ったといって無邪気に喜ぶ八千穂の笑顔が浮かんでいた。

こぼれるような笑顔を見た瞬間、もっと笑わせてやりたい――。

そんな想いが胸いっぱいに広がった理由に、蘇芳はなんとなく気づいている。

馬鹿なことをしている――。

自分でもそう思うが、熱い想いを抑えることはどうしてもできなかった。

その夜、蘇芳はひっそりと離れを抜け出した。

向かったのは、裏山の麓に設けられた井戸屋形だ。

無粋《ぶすい》な蓋を被せられた井戸を見つめ、険しい表情で佇む。

「やはり、出来損ないのおれの鱗では、一日しかもたないか……」

自虐的な台詞《せりふ》を口にするその手には、赤褐色の薄い鱗――。

「これで、八千穂が笑うなら……」

自分の行動に矛盾を感じながら、蘇芳は手にした鱗を井戸の上に掲げた。

そして、そっと手を離す。

鱗はまるで花びらのようにゆらゆらと揺れながら舞い落ちていく。やがて井戸の蓋に触れると、小さな星屑《ほしくず》のように砕け散り、スッとすり抜けるようにして井戸の中へ落ちていったのだった。

【三】


井戸水は順調に湧き続け、いよいよ、仕込みが始まった。

龍乃川酒造では「寒造り」といって、十一月から翌年二月のもっとも寒い時期に新酒の仕込みをおこなっていた。

空調技術が発達し、徹底した温度管理が可能になった近年、大手の蔵元では年間をとおして酒造りをおこなうところも増えている。しかし、冬の冷たく澄みきった空気の中で仕込まれた酒が一番だという認識は揺るぎなく、今もほとんどの蔵元で寒造りでの仕込みがおこなわれている。

十一月上旬の週末、都内のイベントから戻ってきた八千穂に、清水が上機嫌で話しかけてきた。

「おお、ご苦労さんだったな、八千穂。イベントはどうだった?」

日が短くなって、十八時を過ぎるとあたりはすっかり夜の帳《とばり》に包まれる。今日の仕事が一段落ついたのだろう。仕込み蔵の前では、ライトの下で蔵人が道具を洗っている姿が見られた。

「おかげさまで搬入分は完売しました。通販での注文もたくさんいただいたので、明日も忙しくなりそうです」

八千穂が答えると、清水が珍しく相好を崩した。

「そうか。そりゃよかった。最初は社長の断りもなしに妙なことを始めたと思ったが、時代に合わせて酒造りも蔵の経営も、変えていかんと駄目なんだろうなぁ」

叔父の啓司に言われるがまま始めた営業活動は、八千穂にとってけっして楽な仕事ではない。だが、清水に認められたと思うと嬉しさが込み上げてくる。

するとそこへ、車を駐車場に停めてきた啓司が姿を見せた。

「妙なことだなんて、ひどい言われようだ」

休みの調整がうまくいったとかで、今日のイベントには啓司も同行していたのだ。

「なんだ、お前もいたのか」

清水があからさまに煙たそうな顔をする。

「蔵仕事に嫌気が差して出ていったんじゃなかったのか？」

「実家が大変なときに、黙って見ていられるわけがないでしょう」

清水は啓司が生まれる前から龍乃川酒造で働いていると八千穂は聞いている。なかば親戚のような間柄のはずなのに、どうしてここまで仲が悪いのか分からない。

「お前は昔から計算高いところがあったな。社長の留守に急に帰ってきてアレコレ口出しするのは、蔵をのっとるつもりじゃねぇのか？」

「はあ？　言っておくが俺はボランテイアで八千穂に営業のノウハウを教えてやってるんだぞ」

啓司の言葉どおり、本業であるメーカーでは副業が禁じられていることもあって、手当てや謝礼は払っていなかった。

「どんなに美味い酒を造っても、売り上げを出さなきゃ次の仕込みはできないってのに……。まったく、これだから職人ってのは考え方が古くていかん……」

「なんだと……」

険悪な空気を察したのか、蔵人たちが作業の手を止めて遠巻きにこちらを気にし始める。

「清水さん、おじさん。やめてください……」

八千穂は慌てて仲裁に入った。

「社長の息子だからって遠慮してりゃいい気になりやがって……。酒も飲めないお前に、酒造りの何が分かるってぇんだっ！」

「……え？」

怒りに任せて吐き出された清水の言葉に、八千穂は耳を疑った。そして同時に、イベント会場などでもけっして酒を口にしなかった姿が脳裏に浮かぶ。車の運転があるせいだと思っていたが、まさか啓司が下戸《げこ》だったとは考えつきもしなかった。

「おじさん、お酒……飲めないんですか？」

八千穂がおずおずと尋ねると、いつも偉ぶっている啓司がバツが悪そうな顔で背を向けた。

「あ、明日の仕事があるから、俺はもう帰る。……八千穂はタイアップ企画の件、しっかり考えとけよ。またメールを送るからな」

早口で一気に捲し立てると、そのまま逃げるように闇の中に消えていった。

「……ああ見えて、ガキの頃は素直で可愛げもあったんだがなぁ。もしかしたら、酒が飲めないってことで、蔵元の息子として負い目を感じてたんじゃねぇかと思うんだ」

困り顔で話す清水の言葉を八千穂は黙って聞いていた。

「お前にはいろいろと面倒ごとを押しつけて悪いと思ってる。だが、仕込みのほうは安心してオレたちに任せてくれ」

いろいろ――の中には、叔父のことも含まれているのだろう。そう思いつつ、八千穂は頷いた。

「……はい」

「それにしても、一時はどうなるかと思ったが、井戸水も順調に湧いているし、ほかの銘柄の仕込みもできるんじゃないか？　この調子でいけば今季の酒はここ最近で一番の出来になるぞ」

すでに精米と洗米は終わり、真っ白い真珠のようになった米を水に浸して吸水させる「浸漬《しんせき》」の工程に進んでいる。使用するのは、もちろん裏庭の井戸水だ。

「本当ですか？　それはよかったです。来年の新酒を楽しみにしてくれてる方も多いので、これからも宣伝頑張りますね」

八千穂は笑みを浮かべると、清水に会釈をして母屋に向かった。

「はあ……。疲れたなぁ……」

一人になると、つい溜息がこぼれてしまう。

営業活動を頑張れば頑張るほど、ＳＮＳでは好意的なメッセージとともに中傷は増えていった。

売り上げは好調で出荷準備も追いつかないくらいで、とてもありがたいと思う。

けれど、八千穂はまったく気の休まらない日々を過ごしていた。

毎日の事務仕事に出荷準備の手伝い、そこへ営業活動や祖父の見舞いなど、いくら若いといっても近頃は体力の限界を感じることが増えている。

祖父の意識が戻る兆しはなく、龍王の鱗も蘇芳がまだ探し続けている。

井戸水は今のところは充分に湧き出ているが、いつ涸れるか分からないという不安を八千穂は拭いきれずにいた。

「それにしても……どうしてちゃんと、水が湧き出るようになったんだろう」

母屋から渡り廊下を通って離れの手前まできたところで、縁側に佇む蘇芳に気づいた。

床の間から漏れる明かりに照らし出された蘇芳の姿は、まるで一幅《いっぷく》の絵のように神秘的だ。

「蘇芳様、ただいま帰りました」

夜になると一気に気温が下がり、吐く息がうっすら白くなった。

「やっと戻ったか」

八千穂に気づいて、蘇芳がムッとして少し唇を尖らせる。

その口調と相反する子供っぽい仕草に、八千穂は心の中でクスッと笑った。

しかし、徐々に蘇芳に近づくにつれ、綻んだ心はすぐに不安に震える。

「顔色が悪いようですけど……」

床の間の明かりを背にしているからだろうか。今朝出かける前よりずいぶんと疲れているように見えた。

「そうか？　暗くてそう見えるだけだろう。お前のほうこそひどい顔だ」

薄く微笑んでそう言うと、蘇芳は八千穂の肩を抱くようにして床の間へ促す。

「あのいけ好かない叔父とともに出かけて、気疲れしたのではないか？　おれのことは気にしなくていいから、早く休むといい」

「でも……」

ここ数日、忙しかったせいもあって、蘇芳は八千穂から直接精気を得ていなかった。顔色が悪いのはそのせいに違いない。

「今日は、その……」

――キスはしなくていいんですか？

自分からキスを強請るような台詞を口にしかけて、八千穂はハッとして黙り込んでしまった。

「もしかして、精気のことを気にしているのか？」

蘇芳が背後から肩越しに顔を覗き込んでくる。その頬は少しこけていて、目の下にうっすら隈もできていた。長く地上にいるせいで、霊力の衰えが著しいのかもしれない。

「や、約束ですし……。鱗探しも、お手伝いできないままですから――」

「ほう。殊勝だな」

目を細め、蘇芳が揶揄うような口調で返す。

「でも、この間みたいな……いやらしい感じのは、ちょっと困ります……」

蘇芳のキスと愛撫で蕩けるほど感じてしまったことを思い出すと、いまだに消えてしまいたいくらい恥ずかしい。

いたたまれなさに俯いていると、突然、肩を強く摑まれた。

驚いて顔を上げた瞬間、ひやりと冷たい感触が八千穂の唇を掠める。

「え……？」

不意の口づけに声を失ってしまった八千穂に、蘇芳は穏やかな笑みをもって囁いた。

「今はこれで、充分だ」

優しく八千穂の肩を二度叩くと、蘇芳は縁側から庭へと下りてしまう。

「蘇芳様っ」

慌てて呼び止めるが、蘇芳は振り向きもしない。美しい灰白色の髪を揺らしながら、すうっと夜の闇に消えていってしまった。

八千穂は誰もいない庭をぼんやりと見つめながらそっと唇に触れた。

掠め取るような一瞬の口づけを、物足りなく感じたのはどうしてだろう。

「あんなキスで……充分なはずないのに――」

八千穂は付書院の棚に置かれた金魚鉢を見つめ、ぼそりと呟いたのだった。


翌朝、八千穂が目覚めると、またしても蘇芳の姿はどこにもなかった。龍王の鱗を探すといっても、いったいどこをどんなふうに探しているのか、まるで見当がつかない。

八千穂は身支度をすると、金魚鉢に近づいてそっと紅とクロに話しかけた。

「蘇芳様が戻ってきたら、冷蔵庫にある新しい大吟醸を出してあげて」

すると、まるで返事をするように、二匹の金魚が同時に元気よく跳ねたのだった。

事務の手伝いや出荷作業の合間に、八千穂はできるだけ店に立つようにしていた。ブログやSNSを見てわざわざ訪ねてきてくれた客に、きちんと蔵の酒への想いと感謝を伝えたかったからだ。それは、これまで祖父が大切にしてきた想いでもあると考えていた。

「最近、SNSの更新は八千穂さん以外の人もするようになったんですね」

「はい。ぼくだけでなく蔵人さんたちからも、発信したいことがあったらどんどん更新してくださいって言っているので」

若い女性のグループに囲まれて、八千穂は引き攣った営業スマイルを浮かべた。

「甘口で飲みやすいのって、どれですか?」

「タイ料理にハマッてるんですけどぉ、合うお酒ってありますぅ?」

「辛味の強い料理には、こちらのすっきりした大吟醸が合いますね。酸味が強いパッタイなどは、純米酒がいいかと思います」

八千穂がメディアに顔出しするようになって以来、店を訪れる客のほとんどが最近になって日本酒に興味を持ったという人だった。そのため、これまでなかった質問などが寄せられることも多い。そういった質問にもしっかりと答えられるよう、八千穂は自分なりに調べたりしなくてはならなかった。

「せっかくだから、写真もいいですか?」

「ええ、もちろんです」

客に頼まれれば、写真撮影にも応じる。龍乃川酒造の築百五十年になる母屋の玄関や、それよりもう少し古い長屋門は絶好の撮影スポットだ。

女性客らに挟まれて写真に納まり、長屋門の外まで見送ると、八千穂は大きく息を吐いた。

「はあ……っ。やっぱり、こういうの慣れないな……」

「だったら、やめればいいではないか」

不機嫌そうな声が聞こえたほうへ目を向けると、蘇芳が秋風に髪をなびかせて立っていた。

「蘇芳様……。いつからそこに？」

「そんなことはどうでもいい。まったく……香《こう》の匂いをプンプンさせて、鼻が曲がりそうだ」

忌ま忌ましげに顔を歪めると、大股で八千穂に近づいてくる。

「お前も、脂下《やにさ》がっただらしない顔をして、見ているおれが恥ずかしかったぞ」

「だらしない顔って……。そんな顔、してませんよ」

営業用の笑顔のことで文句を言われたとしたら、八千穂はちょっとだけショックに思う。叔父の啓司から「人好きのする笑顔を作れるようになれ」と言われて、最近はようやく形になってきたと思い始めたところだったのだ。

「誰かれなしに笑いかけるなと言っているのだ」

理不尽なもの言いに、さすがに八千穂もムッとする。

「お客様に笑って何がいけないんです？　だいたい、蘇芳様にそんなこと言われる筋合いはないと思いますけど」

「なんだと――？」

蘇芳が切れ上がった眦《まなじり》をさらに吊り上げた。

長い地上生活によって霊力が衰えているためか、頬がほっそりとして鋭い印象を与え、ただでさえ整った容貌がゾッとするほど美しく映る。

思わず見惚れていると、むんずと腕を摑まれた。そして、長屋門の陰に連れていかれる。

「な、何をするんですか……っ」

腕を振り払おうとした瞬間、避ける間もなく唇を塞がれていた。

「ン――ッ！」

強引に唇を割られて舌が捻じ込まれたかと思うと、きつく吸い上げられる。両手首を摑まれたまま背中を土塀に押しつけられ、逃げようにも手も足も出ない。

蘇芳は八千穂の舌先を甘く嚙むと、そのまま胸を合わせて体重を預けてきた。そして、頽《くずお》れそうな八千穂の足の間に膝を割り込ませ、ぐいっと股間を刺激する。

「ふっ……うぅん」

あまりに突然すぎて思考が回らない。しかし、長く器用に動く舌で口腔をまさぐられつつ、敏感な股間を責められると、途端に甘い快感に思考が支配された。

八千穂の唇を貪る蘇芳からは、いつもの余裕がまるで感じられない。文字どおり、喰らいつくような勢いだ。

やがて、八千穂の唾液を存分に啜ると、蘇芳がそっと口づけを解いた。

「な、んで……」

強引に引き出された快感に潤んだ目で見上げる。

すると、蘇芳が苦しげな表情で見つめていた。

「おれに口づけられて、こんなに甘い精気を漏らすくせに……」

怒っているようにも、泣き出しそうにも見える寂しげな表情に、八千穂は胸を衝《つ》かれて言葉を失った。

いったい何があったのだろう。

「蘇芳様……」

蘇芳の言動に違和感を覚え、そっと呼びかけようとしたときだった。

「八千穂さーん！　蔵男子の企画担当さんからお電話が入ってますけどぉ……っ！」

母屋から事務員の呼ぶ声が聞こえてきた。

「……っ」

激しい舌打ちとともに、蘇芳が手の拘束を解く。

苛立ちに歪んだ顔は、さっきまでよりほんのわずかだが、血の気が戻っているように見えた。

「早く戻ってやれ……」

顔も見ずに吐き捨てると同時に踵《きびす》を返す。

あとを追いたい衝動に駆られたが、事務員の声を無視するわけにもいかない。

——夜にでも話をしよう……。

事務員はもちろん、仕込み蔵の前で出荷作業中の蔵人にも気づかれないまま裏庭のほうへ歩いていく蘇芳を、八千穂は不透明な気分で見送った。


清水と蔵人たちが精魂込めて仕込んだ酒は、醪《もろみ》の状態に進んでいて順調に発酵している。井戸の水も今のところ問題なく湧き続けていることから、清水と相談して別銘柄の仕込みに入ることを決めたばかりだった。

また、啓司との営業活動が功を奏し、通販の売り上げも好調だ。ごく少量ではあるが、都内の複数の飲食店で龍乃川酒造の酒を試験的に扱ってもらうことも決まっていた。

「そろそろ、アルバイトを雇ったほうがいいかもなぁ……」

その日の仕事を終えたのは、日付が変わった深夜の零時すぎだった。

疲れて重い身体を引き摺《ず》るようにして離れに戻ると、やはり蘇芳の姿はない。そのかわりといってはおかしいが、紅とクロが八千穂を待っていてくれた。

「お仕事、お疲れ様。八千穂」

「お風呂にする？　それとも晩酌？」

まるで新妻のような二人の出迎えに、疲れた心がふんわりと軽くなる。

「ありがとう、クロ。紅」

二人の頭を左右の手でそれぞれ撫でてやりながら、八千穂は蘇芳のことを尋ねた。

「でも、どっちも大丈夫だよ。それより、蘇芳様はまた鱗探し？」

「ええ、そうよ。あたしたちには『八千穂が疲れて帰ってくるから、労《ねぎら》ってやれ』って言って出かけちゃったわ」

いつも傲慢な態度でいる蘇芳が、ときおり見せるぎこちない優しさに八千穂は気づいていた。

『生贄となるお前が疲れていては、精気が不味《まず》くなる。鱗のことはおれに任せて、お前は自分の仕事だけしていればいいのだ』

何度か鱗や祠を探すのを手伝うと言ってみたが、そのたびにやんわりと断られている。せめてもと、古くからいる蔵人や、近所の老人たちに龍王の伝説や祠について聞いてまわったが、有益な情報は何一つ得られなかった。

紅に手を引かれて床の間の座卓につくと、クロが冷蔵庫から純米酒の四合瓶を出してくる。

「蘇芳様、なんだかすごく疲れて見えるのに、一人で探してくるって……」

金魚たちの目にも、蘇芳の憔悴《しょうすい》ぶりは明らかなのだろう。

――ぼくの世話なんてさせないで、紅とクロにも鱗探しを手伝ってもらえば少しは楽なはずなのに……。

蘇芳の気遣いをありがたいと感じるより、申し訳ない気持ちが大きかった。

「やっぱり、精気が足りてないのかな。ぼくがきちんと……できていないから――」

「でも、八千穂だって忙しいんでしょ？」

紅が信楽《しがらき》のぐい呑みを差し出してくれながら、八千穂の顔を覗き込む。

「そうだよ。一人でいっぱいお仕事してて、前より痩せちゃってるし」

四合瓶を両手で抱え持ち、クロがお酌をしようとしてくれる。

「でも、ぼくは毎日ちゃんと食事ができているけど、蘇芳様は……」

昼間の、余裕なく八千穂の唇を貪った蘇芳の姿を思い出すと、胸の奥がぎゅっと締めつけられるように痛んだ。激しく求められたのは、それだけ精気が足りていないという証拠だろう。

忙しさを理由に、蘇芳との約束を守らない自分が嫌になる。

それと同時に、もっと強引に求められたい――という欲求がたしかに八千穂の中に生まれていた。蘇芳と唇を触れ合わせていると、なぜだかもっと欲しい、近づきたいという経験したことのない感情が溢れてきて怖くなる。

いったい、この気持ちは何なのだろう。

誰かに触れたい、触れて欲しいなどというはじめての感情に、八千穂は戸惑わずにいられない。

――もしかして、これが……好き、ってこと?

そう思った途端、心臓がトクンと跳ねた。

「ぼくが……蘇芳様を――?」

意識すると鼓動がいっそう乱れ、胸が苦しくなる。

信じられない想いとともに小さく呟いた、そのとき、縁側のほうでかすかに物音が聞こえた。

「蘇芳様かも!」

クロと紅が笑みを浮かべて腰を浮かせるのと同時に、障子が乱暴に開け放たれる。

すると、冷たい風とともに蘇芳がよろめきながら姿を現した。日中、八千穂と唇を重ねて少しは霊力が回復したかに見えたのに、今の蘇芳からはまるで生気が感じられない。

「蘇芳様、いったいどうしたんです……っ」

八千穂は慌てて駆け寄り、蘇芳の身体をしっかと抱き支えてやる。

「大丈夫だ。なんでもない。少し……遠出をして疲れただけだ」

褐色の肌はかさついて血色も悪く、落ち窪んだ目はどこか虚ろで、とても大丈夫そうには見えない。その証拠に、蘇芳は無意識に八千穂に体重を預けてくる。

「紅、布団を敷いてくれるかい？」

「わ、分かった……」

紅が声を震わせながらも大きく頷いた。

「クロ、そのお酒を蘇芳様に」

「うんっ」

クロはつぶらな瞳に涙をいっぱい溜めている。

「蘇芳様、とにかく横になってください……」

八千穂は蘇芳の腕を肩に担ぐと、脇に身体を入れるようにして支えた。

わずかに感じる蘇芳の体温が、いつもより冷たく感じる。呼吸も浅く、苦しそうに細められた赤い瞳も心なしか曇っているように見えた。

蘇芳の身に何かあったら……。

いやだ――。

八千穂は不意に、祖父が倒れたときと同じぐらい暗澹《あんたん》たる不安に襲われた。鼓動が激しく乱れて、息苦しさに唇が戦慄く。

好きだと……蘇芳に恋していると自覚したばかりだというのに、もう失ってしまうのか――。

「どうして、こんなになるまで……っ」

見たことがないくらい疲弊した蘇芳の姿に、八千穂は自分でも驚くほど狼狽していた。ともすれば涙が目に滲みそうになるのを、懸命に堪えて蘇芳を布団へと運ぶ。

「おれのことより、蔵が――」

そのとき、蘇芳が息も絶え絶えに言葉を発した。

「……え？　蔵がどうしたんですか？」

「妙な……匂いが、して……」

言われて、八千穂はスンスンと鼻を鳴らした。八千穂と蘇芳のそばに戻ってきた金魚たちも、同じように匂いを嗅ぐ仕草をした。

開け放たれた障子の向こうから冷たい空気が流れ込んでくるが、異様な匂いは感じられない。

「醪の匂いじゃないですか……？」

仕込みが始まると、蔵は様々な匂いに包まれる。その匂いは仕込みの段階に応じて変化した。今、蔵のタンクの中では醪がプチプチとガスを発生させ、発酵を進めている段階だった。

「そうじゃない……。甘い匂いの中に、かすかに……酸味に似た嫌な匂いが……交じっている」

蘇芳が表情を強張らせるのを認め、八千穂はハッとした。

「もしかしたら、タンクの醪に何かあったのかも……」

口にすると同時に、背筋がスッと冷たくなった。

醪は温度管理をしっかりしないと、思うように発酵が進まないばかりか、匂いや味に大きな影響を及ぼす。最悪、タンクの醪をすべて処分しなければならない場合もあった。

「清水さんに知らせないと……っ」

八千穂は急いで蘇芳を布団に横たえると、金魚たちに任せて離れを飛び出した。そして、清水たちが寝泊まりしている蔵人部屋へ急ぐ。

――ちゃんと夜の見回りはしているはずなのに、どうして……っ。

仕込みの最中、蔵人たちは二十四時間体制で醪や麹の様子を見守っていた。交代で仮眠をとりながら、タンクの醪を掻き混ぜる櫂《かい》入れや、麹をひっくり返して菌を均等化させる切り返しの作業をおこなうのだ。

「清水さん！　起きてください。醪が……っ」

蔵人部屋のドアをノックもなしに開け放つなり、八千穂は大声で叫んだのだった。


八千穂の知らせを受けて、蔵人たちは仕込み途中のタンクを急いで点検した。すると、一つのタンクで醪の発酵が止まりかけていたことが分かった。担当した蔵人によると、直前に櫂入れをおこなったときはまったく異常はなかったという。その後、清水が指揮をして迅速に発酵を促す処置をおこなったことで、醪は処分せず事なきを得たのだった。

翌朝、八千穂は自分の布団に横たわる蘇芳の枕許に座って、やつれ果てた顔を見つめていた。まだ日の出の気配もない四時前で、外はしんと静まりかえっていて、まるでこの世に蘇芳と自分しか存在しないような気分になる。

昨夜、騒動が落ち着いてから離れに戻ると、すでに蘇芳は穏やかな寝息を立てていて、紅とクロも金魚鉢の中でたゆたいながら眠っていた。

「こんなになる前に、無理やりにでもぼくから精気を奪ってくれてよかったんですよ？」

安らかな寝息を立てる蘇芳に問いかけても返事はない。

灰白色の髪は艶を失い、額から生えたツノも美しい珊瑚色がすっかり色褪《いろあ》せてしまっている。肌はかさつき、目の下にはくっきりと隈が浮かんでいた。

「そういえば、蘇芳様の寝顔を見るのははじめてですね……」

いったいいつ身体を休めているのだろうと、ずっと不思議に思っていた。もしかすると、食事と同じように眠る必要もないのかもしれない。

『天界に暮らすおれたちは、地上に長くいると穢れに侵されて徐々に霊力を失う』

出会ったときに蘇芳から聞かされた言葉を思い出すと、自然と呆れたような笑みが浮かぶ。

「霊力がなくなって、天界に戻れなくなったらどうするつもりだったんですか」

醪の騒動から一睡もしていないが、不思議と疲労感はない。

そのかわり、これまで経験したことのない感情が息づいていた。

「鱗が見つかるまで……なんて悠長なこと言ってないで、さっさとぼくを連れ去ってしまえばよかったのに――」

蔵の未来を奪う存在である蘇芳を、八千穂はどうしてかずっと憎めないでいた。龍王との約束を守れなかったという負い目もあったが、それが理由ではないことは分かっている。

横暴で我儘で短気で……けれど、龍神として龍王から与えられた務めを懸命に果たそうとしている。ときどきひょっこり顔を出す子供っぽさや、金魚たちとじゃれ合う姿に、余裕のない日々を過ごす八千穂は心を癒やされてきた。

何よりも、蘇芳がときおり見せる不器用な優しさに、愛しさを覚えるようになってしまった。

猶予を与えると言ったのも、最初はほんの数日のつもりだったに違いない。

「でも、蘇芳様は優しいから……」

きっと、最後に一度だけ酒造りの機会を……その猶予をくれたのだろうと八千穂は思った。

あくまでも八千穂の想像だから、蘇芳の本心は分からない。けれど、龍神の身体に悪影響を及ぼす地上に数ヶ月も残っているのだ。龍王の鱗探し以外にも、何かこの地に留まる理由があったのだろう。

だからこそ、霊力が衰えて倒れてしまうほどになっても、天界に戻らないのだ。

「あなたには驚かされてばっかりで、昨日なんて……生きた心地がしなかったんですから……」

まるでボロ雑巾《ぞうきん》のようになって倒れ込んだ蘇芳の姿を目の当たりにして、八千穂は身が引き裂かれるような不安と恐怖を覚えた。蔵で清水たちと醪の処置について話し合っているときも、蘇芳のことが頭を離れなかった。

「龍神の蘇芳様に、こんなことを言って許されるか分からないけど——」

八千穂は掻き消えそうな声で囁くと、そうっと背中を丸めた。

そうして、眠る蘇芳の唇に、静かに触れるだけのキスをする。

ひんやりとした唇の感触に、胸がぎゅっと引きしぼられるように痛んだ。

ただ触れただけでは、蘇芳の様子に変化は見られない。

「あなたが、好きです——」

昨夜、蘇芳を失うのが怖いと思ったのは、いつの間にか深い愛情を抱いていたせいだ。

はじめての恋だから、八千穂もすぐには確信が持てなかった。しかし、一晩中、蘇芳のそばで寝顔を見つめ続けて、自分の中に息づいた切なく燃える感情が間違いなく恋だと確信した。

けれど、蘇芳は龍神——神様だ。身分違いだとかいう以前に、恋をしていい相手ではない。

……ただ好きでいられればいい。

心優しい蘇芳の役に少しでも立てたなら、この恋は成就したと思うことにしよう。

「蘇芳様の優しさに甘えてばかりで、すみませんでした。これからは……思う存分、ぼくの精気を味わってください」

溢れる想いを視線に込めて、無防備な寝顔を見下ろしつつ囁きかけると、八千穂はもう一度蘇芳に口づけた。

今度はそっと、勇気を振りしぼって、舌で蘇芳の唇を舐めてみる。これが正しいのか分からないし、恥ずかしくて堪らなかったが、蘇芳を助けたいという一心で、たどたどしいキスを続ける。

「……ぅ、ん？」

すると、触れ合った唇の隙間から、蘇芳がかすかに声を漏らした。

八千穂は慌てて顔を上げると、正座した膝を揃えて背筋を伸ばす。

「蘇芳様、大丈夫ですか？」

呼びかけると、蘇芳がきゅっと顔を顰めた。そして、小さく瞬きを繰り返してから、そっと目を見開いた。

「……八千穂？　いったい、どうしたのだ？」

ゆっくり視線を巡らせて、不思議そうに問い返すのに、八千穂は平静を装いつつ答えた。

「昨夜、戻ってきて倒れたんですよ。覚えていないんですか？」

「……ああ、そういえば」

記憶を手繰《たぐ》り寄せるように目を伏せたまま、蘇芳がゆっくり起き上がろうとする。

八千穂はスッと腕を伸ばすと、少し痩せたように感じる身体を支えてやった。

「ぼくのことを気遣って、精気が足りないのを我慢してくださってたんでしょう？」

すると、蘇芳がハッとしてそっぽを向く。

「ば、馬鹿なこと言うな。どうしておれが、生贄のお前に遠慮など……」

いつものように悪態を吐くが、霊力が衰えているせいかふだんの迫力がまるで感じられない。

「そんなことより、蔵の酒はどうなった……」

ふと思い出した様子で話を変えるのに、八千穂は笑って答えた。

「蘇芳様が異変に気づいて、知らせてくださったおかげで、醪を無駄にせずに済みました」

「そうか……」

ホッとして安堵の表情を浮かべる蘇芳に、八千穂はそばに置いていた水差しから井戸水をグラスに注いで手渡す。

「たった数分、ほんの数度の温度変化が醪の発酵に影響し、お酒の出来を左右するんです」

清水は「よく気づいたなぁ」と褒めてくれたが、まさか龍神である蘇芳が教えてくれたとは言えなかった。

「だから、大事に至らなくて本当によかったです。タンク一つ分の醪がダメになったりしたら、うちみたいな小さな蔵には、大打撃どころの話じゃないですから」

井戸水をゆっくり喉を鳴らしながら飲み干す蘇芳を見つめ、八千穂はどうすれば感謝の気持ちをきちんと伝えられるだろうかと考えていた。

「本当に、ありがとうございました」

畳に三つ指をついて深々とお辞儀をすると、蘇芳がわざとらしく咳払いをするのが聞こえた。

「別に……ただ妙な匂いがしたから、教えただけだ」

ぶっきらぼうに言いながら、空になったグラスを八千穂に向かって差し出す。

「それに、この蔵がどうなろうと、おれの知ったことではないからな」

突き放すような台詞が照れ隠しなのだと、今なら八千穂にもはっきり分かった。

「でも、蔵が助かったことに違いありませんから」

受け取ったグラスを水差しの横に置くと、八千穂はそっと立ち上がった。そして、床の間との仕切りになる襖を閉める。

「……お礼を、させてください」

「八千穂。今、なんと言った？」

襖の前に立ち尽くす八千穂に何か感じたのか、蘇芳が怪訝そうに問い返してきた。

——よしっ！

決心が鈍らないよう胸の中で気合いを入れて、くるっと振り返る。

そして、ぼんやり八千穂を見上げる蘇芳に近づくと、そのまま勢いに任せて抱きついた。

「や、八千穂……？」

驚きつつも、蘇芳はしっかりと抱き止めてくれる。

「いったいどうしたのだ……」

問いかけられたところで、答える余裕なんか欠片もない。

「ぼくを……ぼくの精気を、思いきり食べてください——っ！」

八千穂はそう叫ぶと、蘇芳の薄く開かれた唇に狙いを定めた。そして固く目を瞑《つむ》って、えいっとばかりに口づける。

「な……」

何か言いかけた蘇芳の声が途切れて、唇の右端にやわらかくてひやりとした感触を覚える。

――うわぁ、ちょっとずれた……っ。

動揺と羞恥が瞬時に襲いかかってきて、八千穂は堪らず目を開けた。

すると、濡れて光る赤い瞳と目が合った。

「……あ」

唇を触れ合わせたまま間近で瞳を覗き込まれて、全身にさざ波のように電流が駆け抜ける。

その直後、蘇芳がぐっと腕に力を込めたかと思うと、ずれた唇をしっかと重ね合わされた。

「ふっ……うぅん」

八千穂の口全体を覆うように口づけると、すぐさま舌を潜り込ませてくる。

遠慮のない乱暴な口づけに、無意識のうちに蘇芳の胸を押し返す。しかし、どんなに強く腕を突っ張っても、まるでびくともしない。ついさっきまで、死にそうな顔で横になっていたのが嘘のようだった。

蘇芳は八千穂の舌先を捕まえて吸い出してやんわり歯を立てる。

途端に腰の奥がジンジンと疼いて、八千穂は鼻から甘えるような声を漏らした。

「うん……っ」

いつの間にか蘇芳の腰に跨《また》がった体勢になっていて、無理やり官能を引き出すような淫らなキスに酔い痴れる。

「ふっ……う、ぁ」

腰や尻、背中を蘇芳が大きな手でゆっくり撫でるたび、腰の奥が震えて身体が熱くなる。過呼吸に陥ったときのように眉間の奥が痺れて、八千穂はだんだん何も考えられなくなっていった。

感じるのは、蘇芳が与えてくれる甘く鮮烈な快感と、愛しい人のぬくもりだけだ。

濃厚な口づけに理性は溶け落ち、八千穂はいつしか自ら蘇芳の舌を吸っていた。

「なんだ、積極的だな」

一瞬、口づけを解いて蘇芳が目を細める。

快感に蕩然《とうぜん》となりつつ、八千穂は蘇芳をじぃっと見つめ返した。そして、ふと気づく。

かすかにだが、柘榴石《ざくろいし》を思わせる瞳に生気が満ち、声にも張りが戻ったようだ。目の下の隈は消えていないが、八千穂と口づけたことで精気をちゃんと取り込めているのだろう。

「おれの顔に何かついているか？」

穏やかな眼差しを向けられて、八千穂は言葉に詰まった。

「べ、別に……」

胸が早鐘を打ち、息が苦しくなる。身体の内側を満たす感情は、これまで感じていた不安や緊張ではない。恥じらいと恋慕、そして隠しきれない期待だ。その証拠に、蘇芳とのキスで劣情を煽られて、ジーンズの下で股間が硬く張り詰めていた。

――触って欲しい。

蘇芳はいつも口づけで八千穂から精気を得ている。性的興奮を高めるためだといって、淫靡なキスを執拗《しつよう》に繰り返したり、腰や腹、胸などに触れたりした。

けれど、けっして八千穂の股間には触れてくれない。

散々にキスで八千穂をいやらしい気分にしておいて、精気で霊力が満たされると「おしまい」とばかりに放置されてきた。ゆるく芯を持ち始めた性器を、どれだけ自分で慰めようと思ったことだろう。

——さすがに恥ずかしくて情けないから、できなかったけど……。

「そうやって恥じらうところが、お前らしくていい」

蘇芳が満足げに微笑んで、八千穂のセーターと下着をたくし上げた。そして、するりと手を中に滑り込ませてくる。

「分かるか？　寒さで小さく縮み上がっている」

胸を撫でていたかと思うと、固く尖った乳首を弾いて意地悪く囁いた。

「ああっ……、それ、いやだっ」

龍神の鉤爪の面影が残っているのか、蘇芳の爪は少し長くて尖っている。その鋭い爪で八千穂の小さな乳首を引っ掻いたり突《つつ》いたりした。

「はぁ……んっ、あ、だめ……です。そこ……触らな……ぃで」

「嘘を吐くな。乳首を弄られるのが好きだろう？　ココを刺激すると精気がより濃くなって、おれの回復も早まる……」

そう言ったかと思うと、蘇芳は八千穂の乳首を乳暈《にゅううん》ごと押し潰した。

「ああっ……！　や、やぁ……っ」

乳首を刺激されて、こんなにも感じてしまうなんて知らなかった。痛くて痒い甘い疼きが、乳首から全身へと広がっていく。

射精していないのに、下着がドロドロに濡れているのが分かる。ジーンズの前を開けて、思いきり擦りたい気持ちが、八千穂から理性を徐々に奪っていった。

「ふっ……ぅ、ううっ……」

触りたい。触って欲しい。もどかしくて、気が変になりそうだ。

八千穂の知らないうちに、目から涙がこぼれた。

キスに喘ぎ、胸への愛撫に悶え、触れてくれないもどかしさに腰を揺らす。

八千穂はとうとう我慢できず、そっと自分の股間に触れた。そして、忙しく前を寛げてジッパーを下ろすと、じっとり湿ったボクサーパンツの上からむんずと性器を握る。

「あっ、ああ……っ！」

直接的で強烈な快感に、胸を反らせて嬌声を放つ。

すると蘇芳にすかさず、悪戯を見咎《みとが》められてしまった。

「なんだ、触って欲しいなら素直に言えばいいだろう」

蘇芳はそう言うと、躊躇いもなく八千穂の股間に触れてきた。

「うわぁ……っ」

あられもない悲鳴をあげて腰を引こうとしたが、逞しい腕に腰を抱かれて叶わない。

「今さら恥ずかしがらなくてもいいだろう？　おれの手で気持ちよくなって精を吐き出せばいい」

蘇芳は器用にジーンズと下着を尻の下までずり下げると、すぐさま八千穂の性器に直接触れた。

そして、先走りでしとどに濡れた細い幹を扱《しご》き始める。

「ま、待って……っ」

「こんなに感じて濃密な精気を溢れさせているくせに馬鹿を言うな。それに、思いきり喰らっていいと言ったのはお前じゃないか……っ」

いつの間にか、蘇芳の口調が変わっていた。上目遣いに見つめる瞳は焦燥に彩られ、まるで余裕が感じられない。

「いいから、黙って喰われてろ……っ」

蘇芳が尖った爪で、滴をたたえた鈴口を刺激する。

「んあぁ……っ」

その瞬間、経験したことのない甘い痺れが八千穂を襲った。

「なんだ、その可愛らしい声は……」

蘇芳が八千穂の唇に耳を寄せて、掠れた声で囁きかける。

「甘くて、耳に心地よい声だな。聞いているおれも気持ちいい。八千穂、もっと聞かせろ」

言いながら、性器と陰嚢《いんのう》を大きな手で包み込んで揉みしだいた。

「なっ……、いや……だっ」

背筋をゾクゾクとした快感が走り抜けるのと同時に、恐ろしいほどの羞恥に襲われる。膝を閉じようとしても、すぐに蘇芳に阻まれてしまった。

「あ、はぁっ……。蘇芳さっ……もぉ、やめ、あ、あっ……」

性的なことには驚くほど興味が湧かなかったため、八千穂は自慰すら年に数えるほどしかしたことがない。そのためか、明らかな意図を持った手で愛撫され、快感を引き出されることに、恐怖を覚えた。

「ひっ……あ、もぉ、放して……くださっ。で、出て……しまっ」

蘇芳に性器を握られて、まだほんの数分しか経っていないのに、すぐにでも達してしまいそうだった。足の裏がじんじんと痺れて、訳も分からず涙が溢れてくる。

「ああ、八千穂……。お前はそんな顔もできるんだな」

喘ぎつつ噎び泣く八千穂に、蘇芳はどこか嬉しそうだ。表情を確かめなくても、直接耳に注がれる声音から上機嫌な様子が窺えた。

「もぅ……っ、ほんとに出ちゃ……っ」

「ほら、出したいなら遠慮なく出すといい。人間の男は性的興奮が高まり感極まると精液を放つだろう？　そうしたらおれが……全部、喰らってやる」

蘇芳が意地悪く囁きながら、手の動きを速める。

「あっ、あっ……んぁっ」

子犬の甘えるような喘ぎ声の合間に、ニチニチという湿ったいやらしい音が聞こえて、八千穂は恥ずかしさで死んでしまいそうだ。

けれど、圧倒的な快感が、八千穂を現実に留めようとする。

「八千穂……」

手のリズムに合わせて、蘇芳が繰り返し名前を呼んだ。その声は宥めるようにも聞こえたし、縋るようにも聞こえる。

「あっ……な、んか、くる……っ」

根元から雁首を激しく扱かれると、もう、我慢なんてできなかった。

「ンん――――ッ」

息を詰めると同時に腹の奥が収縮し、直後、股間が爆《は》ぜるような感覚に呑み込まれる。勝手に腰がカクカクと揺れて、八千穂は蘇芳の手の中で盛大に精を放った。

「ああ……」

大きな掌で八千穂の白濁を受け止めながら、蘇芳がうっとりとした声を漏らす。

「なんという芳醇で濃密な香り……。これが、精液か――」

絶頂の余韻にぼんやりとしたまま、八千穂は霞《かす》んだ視界に蘇芳を捉えた。

「ふだん味わっているお前の精気を思えば、精液も極上なのだろうと思っていたが……」

感嘆の溜息を吐き、蘇芳は大量の白濁で濡れた手へ赤い舌を這わせた。

「これほどまでに美味いとは……。まさに、甘露だな」

目を細めて恍惚とした笑みをたたえ、掌から指先はもちろん指の股まで、垂れた精液を丁寧に舐めていく。

「……えっ？」

想像を絶する行為を目の当たりにして、八千穂は瞬時に我に返った。

「ななっ……何をしてっ……」

「直接喰らうのが一番、手っ取り早いと言ったのを忘れたのか？」

蘇芳はまったく意に介するふうもなく、長い舌であますところなく精液を舐めとっていく。

「人間の精液が精気の源であることぐらい、お前にも分かるだろうに」

「……う、ううっ」

はじめて他人の手で与えられた快感の凄絶さと蘇芳の理解を超えた行為に、八千穂はこの場から今すぐ逃げ出したい衝動に駆られた。

「も、もうっ……いいですよねっ」

快感と歓喜、そして羞恥などが綯《な》い交ぜになって、気持ちが昂り勝手に涙が溢れる。よたよたと蘇芳の膝の上から下りようとするが、そう簡単にいくはずがない。

さっきよりも力強い腕に引き戻されると、ふたたび性器に触れられる。同時に、蘇芳は薄い胸に舌を這わせてきた。

「まだまだ、足りない。もっと、お前の気を喰らわせろ……」

執拗で激しい愛撫に身悶えしつつ、艶っぽい表情を浮かべる蘇芳を見つめる。

「……そ、そんなに、ぼくは美味しいですか？」

「ああ……」

炎のように揺れる瞳で八千穂を見下ろし、蘇芳が頷く。その間も、股間を慰めたり、胸や脇腹を撫でる手は止めない。

「お前だから……こんなにも、美味いんだ」

上擦った声で囁かれた瞬間、八千穂は息をするのを忘れて胸を反り返らせた。

「あ――」

これまでとは比べものにならないほどの快楽に喘ぎ、開いた唇を戦慄かせる。

直後、蘇芳と目が合ったと思ったと同時に、空気を求めて喘ぐ口腔を塞がれた。

「ふっ、ぅンん――っ！」

一度目の絶頂を凌駕《りょうが》する快感が押し寄せたかと思うと、八千穂はふたたび精を放った。

全身をビクビクと痙攣《けいれん》させながら射精する間も、蘇芳は接吻を解かない。熱を帯びた目で八千穂を見つめ、舌をきつく吸い上げる。

――ほんと……うに、食べられてるみたいだ。

いっそ、生贄として精気だけでなく、身も心もすべて食われてしまってもいい――。

恋を自覚した相手の腕の中、鮮烈な快感に朦朧としつつ、八千穂は心からそう思った。

「……あれ？」

目を覚ますと、八千穂は自室の布団に横になっていた。

「おはよう、八千穂」

「昨日は大変だったみたいね」

見慣れた天井をぼんやり眺めていると、クロと紅が顔を覗き込んできた。

「えっと、おはよう……。ていうか、今、何時……？　もしかして寝坊しちゃったんじゃ……」

状況が呑み込めないまま、時間を確認しようと起き上がる。

すると、床の間のほうからのんびりとした声が聞こえてきた。

「そう慌てるな、八千穂」

低く張りのある声に、八千穂は思わずビクッとなる。

「蘇芳様……」

おずおずと目を向けると、蘇芳がいつものように床の前で酒を飲んでいた。

「お前が気をやってから、それほど経っていない」

にやりと赤い双眸を細める蘇芳の姿に、八千穂は目を瞠《みは》った。褐色の肌は艶やかに潤い、長い髪はしっとりと濡れたように光っている。声にも張りが戻って、今朝方までのやつれた姿が嘘のようだった。

蘇芳の言葉に、八千穂は何があったかを瞬時に思い出した。

「き、気をやる……って……」

耳に馴染みのない言い回しをされると、余計にいやらしく聞こえるから不思議だ。

「ねえ、八千穂。気をやるって、どういうこと？」

そばにいたクロが大きな瞳で八千穂を見つめる。

「えっと、ぼくも……ちょっと説明するのが、難しいかな」

顔が熱くなるのを感じながら曖昧《あいまい》に答えると、そそくさと布団を抜け出した。そして、机の上の時計を見てぎょっとする。まだ四時を少しすぎたところだったからだ。

――蘇芳様が目覚めたのが、ちょうど四時頃だったはず……。

いったい、どういうカラクリなのだろう。

まさか、夢だった……？

半信半疑のまま着衣を確認すると、セーターとジーンズという昨日の服装のままで、とくに乱れたり汚れたりもしていない。

だが、失神するほどの快感の余韻か、身体の奥にはじんと疼くような感覚が残っていて、蘇芳との触れ合いがけっして夢でも幻でもないと思い知らされる。

――蘇芳様に、あんなこと……。

自分から蘇芳にキスをして、精気を与える行為を求めたのを思い出すと、途端に激しい羞恥にみまわれた。

「それにしても、八千穂の精気は……まさに甘露だったな」

蘇芳がわざとらしく感心したふうに声を張りあげる。

「そ、そういうこと、いちいち言わなくていいと思いますけど！」

八千穂は机の椅子にかけていた印半纏を羽織ると、蘇芳と目が合わないようにしながら手早く布団を畳んだ。

「けど、すっかり元気になったみたいで……よかったです」

昨夜のことを思い出すといたたまれない気持ちになるが、見違えるほど回復したことは素直に嬉しいと思う。

「八千穂のおかげだ。しかし、本当にお前の気は清らかで、甘く、濃密で……まさにあとを引くほど美味だった」

蘇芳が手放しで褒めてくれるが、恥ずかしいばかりで聞いていられない。

「お前もずいぶんと可愛らしく反応していたな」

「あのっ、そんなことより……っ」

八千穂は座卓を挟んで蘇芳の向かいに膝をつくと、座卓を軽く叩いて話を遮った。八千穂の両脇に、紅とクロがちょこんと腰を下ろす。

「昨夜みたいにフラフラになるような無理はしないでください。祠を……鱗を見つけたいという気持ちは分かりますけど、身体を壊してしまったら……」

「そうなったら、また八千穂の精気を喰らうだけだ」

八千穂の心配などお構いなしに、蘇芳はけろっとして言った。

「好きなだけ、お前の精気を喰らっていいんだろう?」

「そ、それは、そうですけど……っ」

「約束を守ってくれるのだろう?」

楽しげに目を細めるのに、揶揄われていると気づく。

「ちゃんと守ります！　け、けど……毎日は、その……仕事もあるし」

恋愛経験のない八千穂にとって、いきなり他人の手で射精させられるなんて、まさに青天《せいてん》の霹靂《へきれき》だ。いくら好きな人との行為だったとはいえ、まだ混乱していて落ち着かない。

「ああ、初心なお前には刺激が強いようだしな。無理強いはしない」

「そうしてくれると、ぼくも助かります」

蘇芳の楽しげな笑顔を見るだけで、胸がじんわりと熱くなって、なぜか泣きたくなる。

八千穂だって本当は、もっと蘇芳に触れてもらいたい。しっかり精気を与えて、いつも元気でいて欲しかった。

しかし、蘇芳はただ精気を得るために、八千穂に触れているだけ——。

彼の心に、八千穂と同じ恋愛感情はない。

——ぼくは、あくまでも生贄でしかない……。

虚しくないと言ったら、嘘になる。

けれど、蘇芳に触れられている間、恥ずかしさや快感よりも、幸福感が八千穂を満たしていた。やつれていた蘇芳が霊力を取り戻し、徐々に生気を漲らせていく様を見ていると、堪らなく嬉しかった。

好きな人の役に立てている——そう思うと、たとえ叶わぬ恋だとしても大切にしたい気持ちが強くなる。

「八千穂、大丈夫?」

「昨日のことで疲れてるの?」

頬を赤くして項垂れる八千穂を、クロと紅が心配そうに見つめる。

「……大丈夫。ちょっと寝不足気味なだけだよ」

金魚たちに笑顔で答えると、蘇芳がぼそっとした声で言った。

「だが、顔色が悪いぞ。少しぐらい仕事を休んだらどうなんだ?」

「そうはいっても、今が一番大事な時期ですから、そうそう休んでなんかいられないんです」

すっくと立ち上がって、紅とクロの頭を軽く撫でる。

「昨夜のこともあるし蔵の様子が気になるから、少し早いけど仕事にいってきます。蘇芳様こそ、しっかり休んでくださいね」

意識して明るく微笑む。

すると、蘇芳が金魚たちに目配せをした。

「おい、お前たち。八千穂を手伝ってやれ。おれは炊事などしたことがないから勝手が分からん。だが、お前たちなら八千穂の助けになれるであろう?」

「はい、蘇芳様!」

「もちろんよ! あたしたち、なんだってできるんだから」

蘇芳の言葉にクロと紅が立ち上がる。そして、意気揚々と八千穂に近づいてきて左右それぞれの手を握った。

「遠慮しないでなんでも言ってね」

「ボクたち、八千穂の役に立てるのが嬉しいんだ」

蘇芳の気遣いと、キラキラと目を輝かせる二人の好意を拒むことなんてできない。

「ありがとうございます、蘇芳様。紅とクロも、よろしく頼むね」

言葉では表現できないあたたかな感情が胸に満ちるのを感じながら、八千穂は蘇芳と金魚たちに心からの感謝を伝えたのだった。

【四】


裏庭の井戸に向かうのは八千穂が寝入ってから——。

八千穂は仕事を終えて戻ってくると、蘇芳の顔を見てホッと安堵の表情を浮かべるようになった。その表情や仕草がどうしようもなく愛しくて、蘇芳は勝手に出かけるのをやめたのだ。

その日にあったことや、八千穂の愚痴を聞いてやりながら、酒を酌み交わすひとときを、蘇芳も楽しみに思っている。

八千穂が床に就いて寝息を立てるのを確認すると、蘇芳はそうっと離れを抜け出した。そして、赤い鱗に覆われた龍の姿となって冬の夜空へ舞い上がる。そうして雲を呼び、雷鳴を轟かせると、鉤爪や牙を使って己の身体から鱗を剝いだ。

グゥオオオオォウ……ッ。

鮮烈な痛みに漏れ出る呻き声は、雷鳴が掻き消してくれる。鱗を剝いだ傷痕は赤く爛《ただ》れて、血が滲んだままの箇所もあった。

すでに蘇芳は数十枚の鱗を剝ぎ取り、安龍家の井戸に投げ込んでいた。龍神としてまだ未熟な蘇芳では、天界を統《す》べる龍王の霊力には遠く及ばない。鱗を一枚投げ込んだところで、湧出量を保てるのは丸一日が限界だった。そのため、蘇芳は夜な夜な己の鱗を剝ぎ、井戸に投げ込み続けてきたのだ。

「龍王の鱗が見つかれば……万事、うまくいくかもしれないのだが……」

鱗を見つけ出して天界に持ち帰り、父である龍王に情けを乞えば、あるいは八千穂の願いを叶えてやれるかも知れない。

だが、数ヶ月探し続けても、鱗の在り処《か》はようとして知れない。安龍家が、昔はもっと広大な土地を有していたと八千穂から聞いて、蘇芳はその範囲もくまなく探したのだが、手がかりすら見つからなかった。

もし、鱗が見つからなければ生贄として八千穂を龍王に差し出さなければならない。

そうなれば、井戸水どころか八千穂の命そのものが潰《つい》えることになる――。

「どうにかしないと……」

星屑のように砕けた赤い鱗が、蓋をすり抜けて井戸の中へと吸い込まれていく様を見つめながら、蘇芳は焦りと悔しさに顔を歪める。

左肩から脇腹にかけて、爛れたような醜い傷が残っていた。息をするたびに傷痕が疼き、痛みが絶えることはない。

それでも、蘇芳は鱗を井戸に投げ込み続けたのだった。

＊　＊　＊

気づけばもう十二月も半ばを過ぎ、龍乃川酒造は一年でもっとも忙しい時期を迎えていた。仕込み作業と、年末年始用の出荷作業が重なるためだ。

八千穂も相変わらず忙しく、関東近郊への営業活動のほか、蔵仕事の手伝いにブログやSNSの更新など、まともに休みが取れないでいた。

井戸水は今のところは問題なく湧き続けていて、清水は一時期水量が減ったことをすっかり忘れているように見える。

しかし、いつ龍王の鱗が見つかるか分からない状況に、日々、八千穂は気が抜けないでいた。

このまま井戸水が涸れることなく、仕込みが順調に終わるといいが、それより早く、鱗が見つからないことに痺れを切らした蘇芳が、八千穂を天界に連れ帰ってしまうかもしれない。

自分が生贄となることで井戸水を涸らさずにいてもらえるなら、身を捧げてもいいと思う。

けれど、蘇芳はどちらにしても井戸水は涸れると断言した。それだけ、龍王の怒りが大きいということなのだろう。

そうなれば、龍乃川酒造は酒造りができなくなる。

それだけは絶対に、避けないと――。

龍王の鱗が見つかり、なおかつ井戸水が涸れず酒造りが続けられる――そんな、誰も悲しませないで済む方法はないのだろうか……。

蘇芳への恋心をぐっと押し隠して、八千穂はひたすら自分にできることはないかと考えていた。

「午前中の集荷分は、これで最後でしたっけ？」

母屋の玄関土間に積み上げられた段ボール箱を見上げ、事務員に呼びかける。

「そうです。年内の受付分はそれで最後になります」

事務所からの返事に、八千穂はほっと溜息を吐いた。

「八千穂さん、今日はわりと暇だし、午後からお休みされたらどうです？」

ベテラン事務員が事務所から出てきて、上がり框に腰掛けた八千穂に話しかける。

「え、でも……」

「もうずっとまともにお休みとってないでしょう？　社長のこともあって、責任を感じてるのは分かりますけど、いくら若いからって無理は禁物ですよ」

子供の頃から知っている事務員に諭されて、返す言葉もなく黙り込む。

「そうですよ、八千穂さん。最近、顔色も悪いし、せっかくのイケメンが台無しです。ちゃんと体調整えて、それから蔵の宣伝を頑張ってください」

「イケメンってことはないと思うけど……」

八千穂より少し年上の事務員に指摘され、八千穂は自嘲の笑みを浮かべた。言われたとおり、最近は寝つきが悪くて食欲もなく、疲れが溜まっているという自覚があったからだ。

「でも、仕込みも大詰めだっていうのに……」

「清水さんには私から話しておきますから、温泉でも入ってきたらいかがです？」

ベテラン事務員の気遣いを無下にするのも申し訳ないと思い、八千穂は素直に聞き入れることにしたのだった。


昼食を終えた八千穂は蘇芳を地元の小さな温泉施設に誘った。

「疲れを癒やしてこいって、午後からお休みをもらったんです。だから、蘇芳様も一緒にどうかと思って……」

数日おきに八千穂の精気をきちんと得るようになったというのに、蘇芳の霊力は目に見えて衰えているようだった。

長く地上にいるせいなのか、それとも、数日おきのキス——といっても性的興奮を高めるために、いやらしいことは散々される——と、上質な大吟醸を飲むくらいでは、蘇芳の霊力の糧として足りないのかもしれない。

床の間でいつものとおり金魚たちに酌をさせていた蘇芳が、不機嫌そうに八千穂を見つめる。その目許にはうっすらと隈ができていた。

「温泉……？」

「はい。気分転換にどうですか？」

座椅子の背もたれに身を預けて考え込む蘇芳に、紅とクロが両側から声をあげた。

「蘇芳様、あたしはいきたいわ！」

「ボクも！　温泉ってところ、いってみたいです！」

無邪気に外出を強請る二人を、八千穂はそっと心の中で応援する。

「馬鹿を言うな。温泉というのは地中から噴き出した熱い湯に浸かるのだぞ？　お前たちがいったところで、茹《ゆ》だって死ぬだけだ」

「えーっ！　蘇芳様の力でなんとかしてよ！」

「そんなぁ……」

紅とクロががっくりと項垂れるのに、八千穂はすかさず援護した。

「あの、水風呂も……あります」

「――っ」

蘇芳が目を見開いて八千穂を睨みつけたが、やがて大きく息を吐いたかと思うと、渋々といった様子で「分かった……」と呟いた。

龍乃川酒造から峠を一つ越えた山間に、地元の人しか知らない温泉施設があった。今年の春にリニューアルされたばかりだが、料金も一般的な公衆浴場並みで、小さいが貸し切りの露天風呂もある隠れ湯的な場所だ。

いつもの軽トラックではなく自家用の軽自動車で向かう間、金魚たちは後部座席で大はしゃぎしていた。

「あの、蘇芳様。どうしても紅とクロは、お湯に浸かるのは無理ですか？」

せっかくだから、入れるなら入れてあげたいと思いつつ、駄目もとで助手席の蘇芳に尋ねる。

すると蘇芳はチラッと後部座席に目を向けると、ぼそりと呟いた。

「少しぐらいなら、平気だ」

その言葉に、紅とクロは歓喜の声をあげたのだった。

師走の半ばをすぎた平日の午後ということもあってか、温泉施設は思った以上に空いていた。

「おや、栄一さんとこの八千穂じゃないか」

入湯料の支払い窓口にいたのは、八千穂もよく知る老人だ。

「久しぶりだねぇ。……一人できたのかい？」

八千穂の後ろには蘇芳と金魚たちがいるのだが、老人の目には見えていない。

「はい……。ちょっとだけ休みがもらえたんで、ゆっくり温泉に浸かろうかと思って……」

一人分の料金を支払いつつ、後ろめたい気持ちになる。

「ああ、忙しそうだもんなぁ。テレビとかにも出てるんだろう？　村でも八千穂のおかげで観光客が増えてきたって話題になってるぞ」

「ありがとうございます……」

ロッカーの鍵を受け取ると、八千穂は窓口に置かれた運営資金を募る募金箱にそっと残り三人分の料金を入れた。

「今、ちょうど貸し切り風呂が空いたところだ。せっかくだから一人でのんびりしてきな」

「いいんですか……？」

「言ったじゃねぇか。お前のおかげで、ちょっとだが地元が潤ってきてる。それにほかの客がいちゃ落ち着かんだろう？」

老人の気遣いに、八千穂は素直に甘えさせてもらうことにしたのだった。

蘇芳を脱衣場に残し、八千穂は金魚たちに急かされながら浴場に足を踏み入れた。

——狩衣って、脱ぐのも着るのも大変なんだろうな……。

そんなことを思いつつ洗い場で身体を洗っていると、内風呂の檜《ひのき》造りの浴槽に浸かった紅が突然問いかけてきた。

「ねえ、八千穂は蘇芳様のこと、イヤだなぁって思わないの？」

「うーん。それはないかなぁ。ときどき困ったなぁって思うことはあるけど、蘇芳様は間違ったことを言ったりはしないだろう？」

「えー。井戸水、なくなるかもしれないのに、八千穂はお人好しなのね」

理解できないとばかりに、紅が拗ねたような顔をする。

八千穂は苦笑しつつ、問い返した。

「紅やクロは、蘇芳様のことが苦手かい？」

「ボクは、蘇芳様のこと嫌いじゃない。言葉は乱暴だけどふだんは静かな人だし、こうやって八千穂とお話しできるようにしてくれたから」

すかさず、露天の岩風呂からクロが大きな声で答えた。

「紅はどう?」

続けて問うと、紅は薄い眉をハの字にして答えた。

「背が高くてイケメンだけど、偉ぶるところは好きじゃないわ。だいたい、あたしたちは蘇芳様の眷属だから逆らえないの。好き嫌いは関係ないのよ」

金魚たちは五歳くらいの容姿だが、言葉は人の子よりもずいぶんと達者だ。とくに紅はおしゃまで、中学生くらいの女の子と話しているような気分になる。

「それに、蘇芳様ってあたしが聞いた龍神と、ちょっと違ってるし……」

紅が続けて呟いた言葉に、八千穂はカランの取っ手から手を離した。

「もしかして、紅は蘇芳様以外の龍神に会ったことがあるのかい?」

泡だらけの身体で振り返り、紅を見つめる。

すると露天風呂から上がったクロが、トコトコと近づいてきた。

「違うよ。ボクたちは話を聞いただけ」

「八千穂に助けてもらう前の、その前にいた大きな水槽に、すっごい長生きの和金のおじいちゃんがいたの。そのおじいちゃんが龍神のことを教えてくれたのよ」

紅とクロはもともと、友人が所属するゼミの研究室でたくさんの金魚と一緒に研究用として飼育されていたと聞いていた。

「それでね、龍神は鬣も身体も全身銀色に輝いてて、とてもきれいだって言ってたのよ」

はじめて耳にする龍神の話に、八千穂は好奇心を抑えきれない。

すると不意に、紅が声を潜めた。

「……だけど、蘇芳様の鱗は赤黒いし鬣も灰を被ったみたいな色で、何もかも違うでしょ？」

八千穂は蘇芳にはじめて出会った夜のことを思い出した。

赤い鱗と、灰白色の鬣をもった巨大な龍の姿は、今、聞かされた龍神とはまるで異なっている。

「だからあたし、蘇芳様が龍神だなんて最初は信じられなかったのよ」

「ボクもびっくりした」

クロが紅の隣にちゃぷんと浸かって首を傾げる。

「どうしてあんな変な色なのかしら」

「ボクは、蘇芳様の髪も鱗も、きれいだと……思う」

「あら！　べつに汚いとは言ってないじゃない」

「さっき、変だって言ったじゃないか」

「変だって思ったから、そう言っただけよ！」

紅が甲高い声をあげるのを聞いて、八千穂は我に返った。

「ダメだよ、喧嘩しちゃ」

二人の間に割って入り、右腕で紅、左腕でクロの頭を撫でて宥める。

「それに、人の見かけをアレコレ言うものじゃない。紅もクロも同じ金魚だけど、見た目は全然違うだろう？」

八千穂の声に、二人はおとなしく耳を傾ける。

「ぼくら人だってそうだ。肌や髪、目の色よりも、中身が大事だと思うな」

「……そうね。うん。ごめんなさい」

紅が小さく頷いて八千穂に謝る。

「ぼくもごめんなさい」

クロの大きな目にうっすら涙が滲んでいた。

「大丈夫だよ。間違いに気づいたら、今度から気をつければいいんだからね」

紅とクロを交互に見つめ、八千穂は優しく言い含めた。

「ああ、それより、泡だらけになっちゃったな」

泡だらけになった金魚たちと湯船を見て、身体を流さないままだったことに気づく。

「おいで。きれいに流してあげ……」

二人を湯船から抱え上げようとしたところへ、入り口のガラス戸が開く音が聞こえた。

「あ――」

ギョッとするのと同時に、反射的に背中を向ける。

キスをして、恥ずかしい部分を触られて、精液まで飲まれてしまったといっても、やはり蘇芳に身体を晒すのは抵抗があった。温泉に誘った時点で裸を晒すことは分かっていたはずなのに、今になって激しい後悔と羞恥に苛《さいな》まれる。

「蘇芳様、おそーい！」

「あっちのお風呂、お山が見えて気持ちいいですよ」

慌てる八千穂をよそに、紅とクロは無邪気に蘇芳を出迎えた。

しかし、蘇芳は終始無言のまま、露天風呂へ足を向ける。

――強引に連れ出したこと、怒ってるのかな……。

車内でもほとんど口を開かず、ずっと不機嫌そうな顔をしていた。蘇芳にはいらぬお節介だったのかと思うと、どうしても気持ちが沈んでしまいそうになる。

紅とクロの泡を水で流してやると、二人は一目散に蘇芳のもとへ駆けていった。

「なんだかんだ言って、蘇芳様のことが好きなんだな……」

紅とクロが嬉しそうにじゃれつくのに蘇芳は迷惑そうな顔をするが、怒鳴ったり追い返したりはしない。ほのぼのとした三人の姿は、とても主従関係にあるように見えなかった。

そんな彼らを、八千穂はほんの少し羨ましく思う。

龍神と生贄としてではなく、対等な立場で蘇芳と向き合えたら、胸に秘めた想いも少しは報われるだろうか？

――馬鹿だな……。蘇芳様が龍神だったから、こうして出会えたっていうのに……。

もし鱗をきちんと祀っていたら、蘇芳が八千穂の前に現れることはなかったと思うと、複雑な気持ちになる。

「八千穂、何してるのよ！」

「早くきて、一緒に温泉、入ろう？」

シャワーで泡を洗い流しながら悶々と想いを巡らせていると、金魚たちが無邪気に誘ってきた。

「えっと……」

ちらっと蘇芳の様子を窺うが、景色を眺めていていてどんな表情をしているのか分からない。

「どうしたの？　あたしたち、茹だっちゃうわよ」

紅の声を聞いて、八千穂は仕方なく覚悟を決めた。

「今、いくよ……」

腰にタオルを巻き、そそくさと露天風呂に近づく。

外に出ると、冬の冷たい空気が肌を刺した。岩風呂から立ち上る湯気が、早く入れと誘うように揺れる。

大人が四、五人は入れそうな湯船の中、蘇芳は八千穂に背を向けるようにして浸かっていた。

肩から上腕にかけて、発達した筋肉が見事なラインを描いている。ふだん狩衣に似た衣装を着ていて分からなかったぶん、八千穂はつい見事な体軀に見惚れてしまった。

――あの腕に抱かれたんだ……。

蘇芳の腕の中で快感に喘ぎ乱れ、何度も精を放ったことを思い出す。

途端に激しい羞恥が八千穂を襲った。カッと全身が熱くなり、寒さも気にならないくらい恥ずかしくて堪らなくなる。

それなのに、どうしても蘇芳から目が離せない。

「風邪ひいちゃうよ」

「ほら、こっちに入って！」

紅とクロに急かすように手招きされて、八千穂は必死に平静を装いながら二人のそばで湯に浸かった。

そうしてふと、蘇芳の長い髪が湯の中でたゆたっているのに気づいた。

「蘇芳様、髪はお湯に浸からないようにしないと……」

思わず声をかけて、違和感を覚える。

——あれ？

長い髪を束ねた蘇芳の左肩のあたりが、赤く爛れたように変色しているのに気づいた。濡れて肌にまとわりつく髪が邪魔をしてよく見えないが、ほかの部分とは明らかに肌の色が違う。

「蘇芳様、その肩の怪我……どうされたんですか？」

すると、蘇芳はひどく慌てた様子で右手で肩を隠した。

「古傷だ、心配ない。気持ち悪いものを見せて悪かった」

バツが悪そうに俯く蘇芳に、八千穂は罪悪感を覚える。

「いえ、そんな、気持ち悪いだなんて……」

知らなかったとはいえ、蘇芳が気にしているかもしれないことを指摘してしまい、八千穂は申し訳ない気持ちになった。それと同時に、蘇芳の動揺ぶりが気になって仕方がない。

「そんなことより、八千穂。金魚どもがお前に文句があるらしいぞ」

八千穂から身体を隠すかのように背を向けると、蘇芳がわざとらしく話題を変える。

「蘇芳様、べつに文句じゃないわ。ただ、八千穂は一人で頑張りすぎだから……」

「毎日、すごく忙しそうだから、ボクたちでお手伝いができないかと思ったんだ」

二人はいつになく真剣な面持ちで八千穂を見つめる。曇りのない丸い瞳からは、二人の純粋な優しさが感じられた。

「金魚どもはおれの世話をしているだけじゃない。少しでも八千穂を助けたいと、昼間、離れを毎日欠かさずに掃除しているのだ。だが、お前は少しも気づいていなかっただろう?」

蘇芳が相変わらず目を合わせないままぶっきらぼうに告げる。

「……あ」

言われてはじめて、八千穂は自分の部屋がつねに片付いていたことに気づいた。忙しさにかまけて、布団を上げ忘れることもあれば、調べものをした本やノートを放置することもあった。

それなのに、仕事を終えて部屋に戻ると、布団はきちんと畳まれて隅に置かれているし、雑然としていた机の上も整理整頓されていた。まるでそれが当然とばかりに、八千穂はなんの疑問も抱かずにいたのだ。あまりの厚顔無恥ぶりに、八千穂は恥ずかしくて堪らなくなった。

「ごめんね、二人の気持ちに気づけなくて……」

ツインテールとおかっぱ頭を撫でながら謝る。目にじわりと涙が滲んで、愛しさで胸が苦しいくらいだ。

「命の恩人だもん。恩返しがしたいの」

「せっかく人の姿になれたんだから、ボクら八千穂の役に立ちたいんだ」

見れば、紅とクロの目にも大粒の涙が浮かんでいた。小さくてぷっくりした手で、二人はそれぞれ八千穂の手をぎゅっと握ってくる。

「もっと前みたいに、お話もいっぱいしてよ」

「悪口を聞いたって、ボクら誰にもばらさないよ」

「そうそう。約束するわ！」

健気な二人の訴えに、八千穂は大きく頷いた。

「うん、そうだね。なんでも自分でやらなきゃって、ちょっと頭が固くなってたのかも」

自分を認めて欲しいあまり、周囲の優しさや思いやりに背を向けていたことに気づかされる。

「だからこれからは、二人にいろいろ相談させてもらうね。約束するよ」

両手を差し出して指切りの形にしてみせると、二人はきょとんと首を傾げた。

「指切りっていうんだよ。こうして、小指どうしを絡ませて——」

愛らしい指に自分の小指を絡めると、リズムをとりながら歌う。

「ゆ〜びきりげんまん、う〜そついたら、は〜りせんぼん、の〜ます！」

紅とクロがキラキラと目を輝かせる。

「さあ、これで約束を破ったら、ぼくは針を千本、呑まなきゃいけなくなった」

冗談交じりに言うと、二人が同時にギョッとなった。

「ええっ！」

「そ、そんなこと……しなくていいよ」

八千穂に抱きついて、嫌々と首を振るのを見ていると、悪戯が過ぎたかなと思う。

「大丈夫。それぐらいの気持ちで約束したって意味だから」

握った指を目の前に掲げて宥めると、ほっとしたのか二人は湯船の縁《ふち》に倒れ込んだ。

「もうっ！　驚かさないでよ」

「よかったぁ……」

優しくて愛らしい金魚たちに、擦り切れていた心が潤うのを感じる。

ただ――。

蘇芳が終始無言で自分たちのやりとりを聞いていたことが、八千穂は気がかりでならなかった。


ほんの短い時間だったが、金魚たちと向き合えたことで、八千穂は心がずいぶんと軽くなった気がしていた。

「八千穂……」

温泉施設を出て、五分ほども走っただろうか。助手席から不意に蘇芳が話しかけてきた。

紅とクロは車が走り出すとほぼ同時に眠ってしまい、後部座席で仲よく寝息を立てている。やはり、少し湯あたりしたのかもしれなかった。

「どうしたんですか？」

しっかりとハンドルを握りつつ、ちらっと横目で蘇芳を見やる。

「黙っておれに精気を与えるのは、鱗のことで負い目があるからだろう？」

「……え？」

突然、何を言い出すのかと、無意識に身構えてしまう。

「水を涸らさないため、仕方なく従っていることぐらい分かる」

「それは……」

八千穂は答えられなかった。たしかに、そのとおりだからだ。

けれど、理由はそれだけではない。鱗が見つけられず、なかなか天界へ戻れない蘇芳のために、自分で役に立てるのなら……という、告げられない想いがある。

――だいたい、ぼくが引き留めた。

八千穂が口ごもるのを見て、蘇芳が自嘲的な笑みを浮かべた。

「それとも、おれが恐ろしいからか？　さっき金魚どもが話していたとおり、おれの異形は天界でも忌み嫌われて遠ざけられていた。人間のお前が気味悪さに怯えてもおかしくない」

勝手に決めつけようとするのに、八千穂は思わず車を路肩に停めて言い返した。

「それは違います！　気味が悪いなんて、一度も思ったことはありません」

すると、肩を怒らせる八千穂を見上げ、蘇芳がふわりと穏やかに微笑んだ。

「お前は、優しいな」

笑っているのに、どこか寂しげに見えるのはどうしてだろう。

かける言葉を思いつけずにいると、蘇芳がまるで独り言を呟くように話し始めた。

「人間は浅はかで、自分さえよければいいという輩《やから》ばかりだと思っていたのに、お前はそうじゃなかった」

傾きかけた太陽の光が、ほんのりと蘇芳の髪を赤く染める。

「お前、おれに言っただろう。自分はどうなっても構わない――と」

そう言われて、八千穂は記憶をたどる。

「おれが地上に降りてきたときのことだ。自分はどうなってもいいから、水を涸らすことだけはやめてくれって……。きっと今も、その想いは変わらないのだろう？」

「……はい」

静かに尋ねられて、小さく頷く。

蘇芳が言ったとおり、井戸水や蔵の未来が守れるなら、自分はどうなってもいいと思っていた。

ただ一つ、未練があるとすれば、はじめて心の中に生まれた恋心の行方だけ――。

それも、蘇芳にとっては迷惑でしかないと分かっている。

「あのとき、本当の心の強さというものを、見せつけられた気がしたんだ」

「心の……強さ？」

蘇芳が茜色に染まりゆく西の空を見つめて苦笑を浮かべた。

「ああ……。おれはお前と違って、自分のことしか考えていなかった」

そう言って、ゆっくりと八千穂を振り向く。

「上辺《うわべ》を取り繕うことに必死で、本当の強さも知らない……愚か者だ」

蘇芳が自虐的な台詞を吐き捨てるのに、八千穂は無言でハンドルを握り締めた。

「まだ小さい頃は、いつか自分も父上や兄弟たちと同じ、白銀の龍になれると思っていた。だから、そうなれたとき恥ずかしくないように、懸命に心身の鍛錬《たんれん》に努めてきた」

しかし、やがて赤い鱗も、灰のような鬣も、生涯このまま変わることはないと気づいたと言う。

「この容姿の醜さを補ってあまりある力をつけようと、兄弟たちが嫌がる役目もすすんで担ってきた。おかげで、今では龍神の中でもっとも優れた力を持っていると自負している。だが……」

蘇芳は目を閉じると、小さく肩を揺らした。

「それらはすべて、自分のためだった。おれの容姿を馬鹿にした兄弟たちを見返してやる。父上に、認めさせてやる……そんな身勝手で浅ましい想いが、いつもおれの中にあったんだ」

悲しげに細められた眦に、うっすら涙が滲んでいる。

「だから、おれはお前とはまったく違う。身も心も、救いようがないくらいに弱く、醜い――」

奥歯を嚙み締め、蘇芳は懸命に泣くのを堪えているようだった。

大きな身体をして、いつも横柄な口ぶりで偉ぶっている蘇芳が、今、八千穂の目には迷子になった幼子みたいに映る。

「……蘇芳様」

静かに呼びかけると、蘇芳が怯えるようにびくっと身体を震わせた。

「何度も言いますけど、あなたは全然、醜くなんかないです」

組んだ腕にそっと触れて語りかける。

「それに、たとえ動機がどうであっても、一生懸命に努力してきたことは、すごいことだと思います。誰かを見返したいと心の中で思っていても、誰かを傷つけたりしないで、ただひたすら自分を鍛えてきたってことでしょう？」

上辺だけでなく、八千穂は本心からそう思っていた。

「慰めなんか、いらん」

しかし、蘇芳は頑《かたく》なだ。

「慰めだと思うなら、それでも構いません。でも、ぼくは蘇芳様のことを嫌いだと思ったことは一度もない」

できることなら、大好きだ――と告げたかった。

けれど、今は自分の想いを押しつけるときじゃない。

「ぼくの気持ちを、勝手に決めないでください」

蘇芳の身体の震えが、ぴたりと止まる。

八千穂は話すのをやめようかと一瞬思ったが、構わずに続けた。

「蘇芳様が鱗が見つかるまでの間、猶予を与えてくださったのは、ぼくの酒造りへの想いを認めてくださったからでしょう？　それって、他人のため……ぼくを気遣ってくれたことになりませんか？　だから、蘇芳様は浅ましい人なんかじゃない。人を思いやれる優しい方です。だからこそ、金魚たちもあなたを慕っているんです」

「……金魚どもが？　アレはただの眷属だ。主の言うことにはなんだって従う」

蘇芳は頑なに八千穂の言葉を疑う。それだけ、人を信じられずにいたのだろう。

「眷属だからといっても、あの子たちにだって感情があります。あなたのことが好きだって気持ちが溢れていることに、蘇芳様も少しは気づいているはずです」

図星を突かれたのか、蘇芳はすっかり黙り込んでしまった。

バツが悪そうに唇を噛む様子に、八千穂はずっと本人に言おうか迷っていたことを、今こそ告げようと思った。

「自分で気づいていないのかもしれませんが、いつも偉そうにしているわりに、蘇芳様って結構、甘いところがあるんですよ。それに、こんなことを言ったら失礼かもしれないけど、どこか可愛らしくて憎めない……。だから、もしかしたらふだんの我儘とか、本当は無理してるんじゃないかなって思っていたんですけど……？」

「え……っ！」

蘇芳がギョッとして目を見開く。

「そ、そんな……ことはっ」

褐色の肌を赤らめ、慌てて背を向けるところを見ると、八千穂の推察は当たったらしい。

「今さら、誤魔化そうとしなくてもいいんですよ。それに、わざと偉そうにしていたのは、蘇芳様なりに考えてのことなんじゃないですか？」

きっと、蘇芳が思い描く龍神の姿を演じてきたに違いない。

蘇芳は気まずさからか、すっかり黙り込んでしまった。

――まるで、大きな子供だな。

ツノが天井に触れないように背中を丸める蘇芳を微笑ましく見つめる。

「ぼくは、どんな蘇芳様でも、あなたらしいって思います」

まぎれもない本心を告げながら、八千穂はできるだけ穏やかな声で言った。そして、ふだんより小さく見える背に手を伸ばす。

その瞬間、蘇芳が身体を小さく跳ねさせた。しかし、手を払うようなことはない。やがてしばらくすると、わずかに顔をこちらに向けて、八千穂を上目遣いに見つめた。

「呆れただろう？」

「そんなこと、全然ないです」

不安そうな問いかけに、首を左右に振ってみせた。

「嘘だ……。本当のおれは醜くて、卑屈で、とるに足らない小心者なのに、見栄を張って……偽っていたんだ——」

「ねえ、蘇芳様。偽っていたんじゃなくて、龍神としてあるべき態度をとっていただけじゃないですか？　人は立場によって、本当の自分じゃない姿を演じなくちゃいけないことがあると思うんです。ぼくだって営業の仕事をしているとき、自分じゃないみたいに思うときがありますから」

ゆっくりと何度も繰り返し背中を撫で摩りながら、思いつくまま自分の考えを話す。

「それって、偽ってるとは言わないと思うんです。どちらもぼくですから」

八千穂はふと、ぎゅっと縮こまっていた蘇芳の背中から、力が抜けていることに気づいた。

「龍神としての蘇芳様と、ただの蘇芳様。どちらもいていいと思います。だから、どうか自分を責めたり、卑下するようなことは言わないでください」

龍神である蘇芳が、人と同じような悩みを抱えていたと知って、その存在をより近く……そして愛しく感じる。

「お前みたいなヤツは、はじめてだ」

蘇芳は腰の位置をずらすと、シートに背中を預けてだらんと身体を弛緩させた。

「お前やこの蔵にとってなんの得にもならないのに、平然とおれの世話をして精気まで与える。おまけに、こんなふうに慰めて……人が好いにもほどがある」

悪態を吐きながらも、その声には優しさが感じられる。

突然、蘇芳が起き上がって顔を突きつけた。

「お前が馬鹿みたいに優しくするから、居心地がよくて離れがたくなる——っ」

赤い瞳を潤ませ、まっすぐ八千穂を見つめてゴクリと喉を鳴らす。

「八千穂……。おれは、お前のためなら——っ」

言いかけて、蘇芳は表情を苦悶に歪ませた。きつく唇を噛み締めると、迷いを振り払うように頭を激しく振る。

「蘇芳様……?」

何を言いかけたのか気になり問いかけたかったが、蘇芳が口を開くのが先だった。

「父上の……龍王の鱗か、生贄を持ち帰ることができなければ、天界を追放されるかもしれない」

「そ、んな……」

改めて、蘇芳が背負った責任の大きさに気づかされる。

言葉を失っていると、蘇芳がふわりとあたたかい笑みを浮かべてみせた。

「だが、それでもいいと思うことがある。なんのしがらみもなく、お前や金魚たちと地上で生きるのも悪くない……」

まさか蘇芳がそんなことを考えていたなんて、八千穂は少しも気づいていなかった。

「なあ、お前もそう思わないか？　忌み嫌われながら天界で過ごすより、この身の鱗を……」

そこまで言って、蘇芳ははっと我に返った様子で言葉を濁した。

「いや……。お前の精気や酒があんまり美味いから、地上で暮らすのも悪くないと思っただけだ」

蘇芳が笑顔を引き攣らせるのに違和感を覚え、八千穂はじっと睨むような目で見つめた。

「……八千穂？」

蘇芳が怯えたような眼差しを向ける。

「駄目です、蘇芳様。そんな逃げるようなこと、あなたらしくありません。きちんと鱗を見つけ出すか、ぼくを生贄として連れて帰ってお役目をまっとうしなきゃ」

八千穂はにっこり微笑むと、蘇芳の手をとってきゅっと握り締めた。

「だから、諦めないでください。ぼくの精気が必要なら、いくらでも差し上げますから」

すると、蘇芳がひどく驚いた様子で目を見開いた。

「八千穂、何を言っているか分かっているのか？　鱗が見つからなければ、生贄として天界に連れ去られ、二度と……酒造りができなくなるんだぞ？」

「ぼくは蔵元としてはまだまだ半人前にも満たない未熟者です。うちには立派な杜氏もいるし、経営面は啓司おじさんが支えてくれると思う。それに、じいちゃんが元気になったら、ぼくなんていなくても大丈夫……」

　言いながら、胸がちくりと痛んだ。

「それに、蘇芳様が言ったんですよ。どっちにしても、水は涸れてしまうって……。それって、酒造りもできなくなるってことですよね？」

「それは……」

　蘇芳がふいっと目を伏せる。それが答えだ。

　酒造りができなくなるのは、夢が潰えるのと同じこと。

「だったら、龍王様との約束を破った償いとして生贄になったほうが、こんなぼくでも蘇芳様の役に立つと思いませんか？」

　どうせ叶うことのない恋だ。

　生贄として少しでも蘇芳の役に立てるなら、命だって惜しくないと思った。

「そんなことを考える必要はない。鱗は必ず探し出す」

　突然、蘇芳が助手席から身を乗り出すようにして八千穂の肩を掴んだ。弾みでツノが車の天井にぶつかってもまるで気にしない。

「大丈夫だ、安心しろ。お前を父上の生贄になど……絶対にしない。井戸も涸らせたりしない」

　悲痛な面持ちで、余裕なく上擦った声で訴える。

——ああ、本気で……ぼくのことを考えてくれてるんだ。

蘇芳の手の震えが摑まれた肩から伝わってきて、それだけで八千穂は嬉しかった。

「蘇芳様、絶対なんて言葉……あんまり軽々しく使わないほうがいいですよ」

大きな手に自分の手を重ねると、八千穂はこれ以上ないくらいの作り笑いで見つめた。

「……八千穂?」

怪訝そうに目を細める蘇芳の手をそっと肩から剝がすと、前を向いてハンドルを握る。

「できなかったとき、困るでしょう?」

そう言って、八千穂はおもむろに車を発進させた。

蘇芳が何か言いたげな空気を漂わせるが、気づかないフリをして話題を変える。

「予定より遅くなったから急いで帰らないと、蔵でみんなが心配してるかも」

太陽は刻一刻と西に傾き、空が茜色にどんどん染まっていく。

「温泉、少しは蘇芳様にも効果があるといいですね」

呑気《のんき》な八千穂の言葉に、蘇芳は何も答えない。ちらっと横目で様子を窺うと、窓から外の景色を眺めていた。髪を結い上げた項《うなじ》の襟から、少しだけ赤く爛れた部分が覗いている。

『古傷だ、心配ない。気持ち悪いものを見せて悪かった』

蘇芳の左肩から広がる大きな傷痕——。古傷というには、爛れた皮膚の色が生々しい気がした。

それに、さっき言いかけて呑み込んだ言葉も気になって仕方がない。

『この身の鱗を……』

蘇芳はいったい、何を言おうとしていたのだろうか。

きっと、問いただしたところで、蘇芳は口を噤むに決まっている。

『なんのしがらみもなく、お前や金魚たちと地上で生きるのも悪くない……』

夢のような話だ。

叶えられるはずのない約束をして、蘇芳がこれ以上追い詰められるのを見たくはない。

八千穂はこっそり苦笑をしつつ、淡い期待をそっと胸の奥に押し込んだのだった。

＊　＊　＊

八千穂が寝入ったのを確かめると、蘇芳はそっと触れるだけの口づけをしてから裏庭の井戸に向かった。

一日でも鱗を井戸に投げ入れずにいれば、水は一瞬で涸れてしまう。

もとに戻すには、龍王の鱗を見つけてかつてしたように祀るほかに方法はないだろう。

だが、鱗を見つけたら、天界に戻って父である龍王に返さなければならない。それが蘇芳に与えられた役目だ。

『きちんと鱗を見つけ出すか、ぼくを生贄として連れて帰ってお役目をまっとうしなきゃ』

八千穂に言われるまでもなく、分かっていたはず……。

しかし今の蘇芳には、どちらの役目も重荷となっていた。

逃げ出せるなら、すべて放り出してしまいたい。

「ただ、八千穂の笑顔が……見たいだけなんだ」

手にした赤い鱗を見つめて溜息を吐く。脳裏には八千穂の引き攣った作り笑いが浮かんでいた。

『蘇芳様、絶対なんて言葉……あんまり軽々しく使わないほうがいいですよ』

『できなかったとき、困るでしょう?』

あんなふうに笑わせたくはなかった。

あんな言葉を、口にさせたくなんてなかった。

「おれに諦めるなと言っておいて、お前は……諦めようとするのか」

酒造りができないのなら、死んでもいいと言わんばかりの八千穂を憎らしく思う。

叶うなら、八千穂とともに生きて、酒造りの夢を叶える姿を見たい。

だが、それは無理なことだと分かっている。

ならば、せめて――。

八千穂の笑顔のために、この身を捧げよう。

「この身の鱗をすべて失っても、水を涸らすものか……」

覚悟とともに、鱗が砕けて井戸の蓋へ吸い込まれていく。

鱗を剝いだ腰に激痛が走るのを堪えつつ、蘇芳はふと、頰を綻ばせた。

「このおれが、誰かのためを思って身を捧げるときがくるなんて……」

八千穂と出会って、ずいぶんと変わったものだと自嘲の笑みがこぼれる。

それだけ、愛しいのだ。

ただ、愛しい。

手に入れることが叶わないなら、せめて、笑っていて欲しいと願うほど——。

【五】

蘇芳には、温泉の効果はほとんどなかったらしい。翌朝にはぐったりとして、ぐい呑みを口に運ぶのさえ億劫そうにしていた。

それ以降、八千穂が毎日口づけして精気を与え、極上の酒を飲ませても、多少、顔色がよくなるぐらいで、霊力を補うことはできなくなっていた。

大晦日のこの日、夕方から降り始めた雪が、庭や屋根をすっかり白く染めていた。

「ううっ……今夜は冷えるなぁ」

元日の朝にささやかながら蔵人たちと祝いの席を設けるため、八千穂は三十一日の夕方からおせち料理などの仕込みに追われていた。母屋の戸締まりをして離れに戻ったのは、すっかり年が明けた午前三時頃だ。

「あ、八千穂！　お疲れ様！」

縁側で遊んでいたのか、紅とクロが八千穂を見つけて駆け寄ってくる。

「八千穂、あたし雪ってはじめて見たの。すごく素敵ね」

「ほんとに白くて、冷たくて、すぐ溶けちゃうんだよ」

音もなく降ってくる真綿のような雪を見上げ、二人は子供らしくはしゃいだ。

「蘇芳様は、また出かけてるの?」

「ううん。中でお酒を飲んでいるわ。そばで遊んでいたらうるさいって追い出されちゃったの」

「蘇芳様、今日はすごく顔色が悪いんだよ」

二人の言葉に、八千穂は胸騒ぎを覚えた。

「そう。じゃあ、そっと中に入ろうね」

逸《はや》る気持ちを抑え、静かに雪見障子を開ける。

すると、蘇芳が座卓に突っ伏す姿が目に飛び込んできた。

「蘇芳様……っ!」

備前焼のぐい呑みが転がった座卓の上は、こぼれた酒でびしょびしょだ。

八千穂は急いで蘇芳に駆け寄ると、ぐったりとした身体を抱き起こした。

「しっかりしてください。今、お酒を……っ」

すかさず、紅がまるで予測していたかのように、ぐい呑みを八千穂に手渡してくれる。そこへ、クロが大吟醸の四合瓶を手に横から顔を覗かせた。

「ありがとう。紅、クロ」

八千穂はぐい呑みに注がれた酒を口に含むと、ほんの一瞬だけ躊躇ったあと、蘇芳に口移しで飲ませた。なかなか上手にはできなくて、蘇芳の唇の端から酒が筋になってこぼれる。

紅とクロが心配そうに見守る前で、どうにか三口ほどの酒を飲ませることができた。

「蘇芳様……っ。目を開けてください」

軽く肩を揺すって呼びかけると、ようやく、蘇芳が眉間に皺を寄せながら呻き声を漏らした。

「あ、蘇芳様！」

「よかった……。ボクが分かりますか？」

紅とクロが半泣きになって、蘇芳の顔を覗き込む。

「大丈夫ですか、蘇芳様」

震える声で呼びかけると、虚ろな赤い瞳がゆっくりと動き、やがて八千穂を捉えた。

「や、ちほ……？」

か細く掠れた声に驚きながらも、八千穂は微笑んで頷いてみせる。

「もう少し飲めますか？　それとも、キスしたほうが……」

こんな状況で恥じらってなどいられない。八千穂は背中を丸めると、蘇芳の唇に自身の唇をそっと重ねた。そして、いつも蘇芳がするように舌を差し出す。

「い……か、なく……てはっ」

しかし、蘇芳の腕に胸を押しやられて、唇が離れてしまった。

「何するんですかっ……。早く精気を……」

もう一度、口づけようと身体を寄せると、蘇芳は土色に変色した唇を戦慄かせた。

「すまない、八千穂……。出来……損ないのおれの鱗では、たった一……日でも欠かすと――」

いったい何を言っているのか、八千穂には分からない。

「こ、んな……おれのことは、もう放……って」

「勝手なことを言わないでくださいっ……。ここにいる間は、ぼくの精気が必要だって言ったじゃないですか！　だから、ぼくのすべてを差し上げますから、謝ったりしないで……」

堪えることができず、涙がどっと溢れる。

「すまん……。泣かせる……つもり、なか……の、に」

ゼイゼイと胸を大きく上下させ、声を出すのもつらそうなのに、蘇芳は笑みをたたえたままかさついた指で涙を拭ってくれる。

「違う……。そうじゃない……っ」

八千穂は蘇芳の手を握ると、輝きの消えた赤い瞳を見つめた。

「蘇芳様を助けたいんです。あなたを助けられるなら、どんなに恥ずかしいことも我慢できるし、死んだっていいって……。だから、ぼくは……っ」

ぽろぽろと大粒の涙を流す八千穂を見上げ、蘇芳が目を瞬かせた。

「おれの……ため？」

「……はいっ」

うんうんと何度も頷くと、蘇芳がくしゃりと子供みたいな笑顔を見せた。と同時に、全身の力がガクッと抜けて、ふたたび意識を失ってしまう。

「蘇芳様……っ！」

「やだ、やだよ。蘇芳様……？」

「起きてよ、お願い！」

八千穂と金魚たちがどんなに呼びかけても、蘇芳は目を覚まさない。

「……とにかく、精気を与え続けなきゃ」

いつまでも泣いて叫んでばかりじゃどうにもならない。八千穂は床の間に布団を敷くと、蘇芳を抱き締めて横になった。そうしてときどき酒を口移しで飲ませたり、頬や額、鼻先など、唇以外の場所にもキスを繰り返す。

だが、蘇芳は浅い呼吸を繰り返すばかりで、いっこうに目覚める気配がない。

――やっぱり、精液を飲ませるしかないのかな……。

腹を括らないと……。

睡眠不足の頭でぼんやりと考えながら、八千穂は静かに意識を手放したのだった。


「お、おはようございます……っ。八千穂さんっ、大変です……っ！」

東の空がほんのり白み始めた、元日の朝――。

蘇芳を抱き締めたままいつの間にか眠っていた八千穂は、若い蔵人の声で目を覚ました。

相変わらず蘇芳は苦しそうに浅い呼吸を繰り返している。霊力が弱まっているせいか、金魚たちは知らぬ間に金魚鉢へ戻っていた。

「起きてくださいっ、八千穂さん……！」

ただごとでない雰囲気を感じつつ、冷静でいようと腹に力を込めると、そっと布団を抜け出す。

そして、身繕いを整えて印半纏を羽織ってから静かに障子を開けた。キンと冷えた空気が肌を刺し、空にはまだ星が煌《きら》めいている。

「どうしたんですか……？」

縁側に出ると、一番若い蔵人が真っ青な顔で立っていた。

「水が……」

上擦った声を聞いただけで、八千穂はすべてを察した。

「清水さんは、井戸ですね？」

短い問いに蔵人が頷くのを認め、沓脱石の下駄を引っかけて中庭に下りる。

「あとのことは任せて、仕込みに戻ってください」

蔵人に振り返ることなく告げると、雪が積もった庭を駆けた。

昨日まで、井戸の水はちゃんと湧いていた。ポンプの調子も悪くなさそうだったし、いったい何が起こったのか八千穂にはまるで見当がつかない。

裏庭に駆けつけると、井戸屋形の下に清水と古株の蔵人頭が深刻な顔で佇んでいた。まだ夜が明けきらぬ薄闇の中、懐中電灯を手に井戸の中を覗き込んでいる。

「清水さん、水が止まったって、本当ですか……っ！」

息を切らして駆け寄ると、清水がかつてないほどの険しい表情で八千穂を迎えた。

「止まったなんて、生易しいもんじゃねぇ。すっからかんだ」

「……え？」

一瞬、何を言われたのか、理解できなかった。

「水なんか、一滴もない。涸れちまったんだ……」

「そんな――」

まさかという想いに、八千穂は声を失う。ふと清水の足許へ目を落とすと、ロープが結ばれた手桶が転がっていた。

「試しに、手桶を投げ入れてみたんだが、底石にあたる乾いた音しか聞こえなかったんだよ」

蔵人頭が困惑顔で教えてくれる。

「何がどうなってるんだか、オレにはまったく分からん。業者を呼ぶにしても、元日だぞ？　いったいどうしろってんだ！」

怒りをあらわに清水が声を荒らげる。

「ようやく、最後の仕込みの準備が整ったっていうのによ……」

よほど悔しいのだろう。握った拳を何度も井戸枠の石に叩きつけた。

「清水さん。仕込み途中の酒は……」

「このままじゃどうにもならん。タンクに残ってる水だけじゃ、割り水に使う分にも足りねぇ」

八千穂は絶望に何も考えられなくなった。立っているのがやっとで、雪に濡れた爪先の冷たさすら感じない。

「仕方がない。前みたいに急に水が戻るかもしれねぇ。今ある水でできるところまで踏ん張るしかないだろ」

さすがに清水は切り替えが早い。蔵人頭と井戸の蓋を戻すと、業者へ問い合わせるよう八千穂に言った。

「八千穂、あんまり気に病んでも仕方がない。お前も自分の仕事をしろ。あと、ときどき井戸の様子を見にきてくれるか」

「はい、分かりました……」

清水たちと別れて母屋に向かい、八千穂は眠り続ける蘇芳を思った。

——もしかして、水が涸れたのと蘇芳様が倒れたのは、関係があるのかも……。

母屋の事務所に着くと、時間も考えず業者に電話を入れた。案の定、電話は繋がらず、留守番電話に用件を録音する。

「……という状況なので、一度、井戸まわりの点検をお願いします。新年早々、お騒がせして申し訳ありません。失礼します」

電話を切ると同時に、自然と溜息がこぼれた。

「——あ」

ふと振り向くと、叔父の啓司が茫然として立っていた。

家族旅行ついでに、新年の挨拶に立ち寄ると聞いていたのを思い出す。

「あ、明けまして……おめでとうございます。あの、ご家族は……？」

今、一番会いたくない顔を前にして、不自然に声が震える。

「そんなことより……」

不機嫌そのものの様相で、八千穂を睨む。

「今の話は……本当か？」

留守番電話にメッセージを残しているところを聞かれたのだろう。

「……本当です。今朝、急に水が涸れてしまったんです」

嘘を吐いても仕方がないと、素直に本当のことを話す。

「おい、八千穂。今、蔵で仕込んでる酒はどうなるんだ……？」

怒りと焦燥に、啓司が震える声で聞いてきた。

「……難しいみたいです」

「クソッ！　せっかく、次の新酒の予約も順調だってのに、今までの苦労が台無しだっ」

吐き捨てると、啓司はいきなり母屋を飛び出した。

「待ってください、おじさん！」

八千穂は慌ててあとを追う。啓司が向かったのは、井戸のある裏庭だ。

しかし、啓司は裏庭に着くと、井戸ではなくもう何年も使われていない開かずの蔵のほうへ近づいていく。

「このままじゃ、うちの蔵が潰れてしまう……っ」

譫言《うわごと》のように呟きながら、啓司は蔵の隣に停めてあったショベルカーに駆け寄った。

龍乃川酒造では出来上がった新酒を雪の中で熟成させる「雪中貯蔵酒」を数量限定で生産していて、その雪を集めたり運んだり解体したりするために、小型のショベルカーを所有していた。

「な、何をするつもりなんですか……っ」

嫌な予感が八千穂の胸を過る。

「水が出ないなら……掘ればいいっ」

そう叫ぶ啓司の表情は、有能な営業マンでもなければ、不器用で無骨な中年男のものでもなかった。何かに取り憑《つ》かれたように、目が血走っている。

「だ、駄目です！　そんなことをしたら、もし水が出ても濁って使いものにならない……っ」

「うるさいっ！　井戸が涸れるのを……指を咥えて見ていろというのか……っ」

啓司はショベルカーの運転席に乗り込むと、たどたどしい手つきでエンジンを始動させた。

——年末、試運転したときに鍵を抜くのを忘れてたんだ……。

はたと思い出すが、もう遅い。ショベルカーが激しく音を軋《きし》ませながら動き出した。

八千穂は危険を顧みず、運転席によじ登って叔父にしがみついた。

「やめてください！」

「蔵が潰れてもいいのかっ！　水が出なければ……酒は造れないんだぞ！」

「分かってます。だけどっ……」

操作レバーを握る啓司の手を摑んで必死に制止するが、不安定な体勢もあって啓司はびくともしない。

「せっかく、俺の手で有名にしてやろうと思ったのに……」

「お、じさ……っ」

次の瞬間、八千穂は強い衝撃に襲われた。

八千穂が操作を邪魔したせいで、ショベルカーのアームが蔵にぶつかったのだ。漆喰が剝がれた土壁にヒビが入り、屋根瓦が数枚、すぐそばに落ちて割れる。

「くそっ！　放せ……っ」

啓司が八千穂を振り落とそうと、ショベルカーの運転席を左右に回転させた。そのたびにアームが強く土壁にぶつかって、残っていた漆喰や屋根瓦が次々と落下する。

そのとき、一枚の瓦が八千穂の左肩を直撃した。

「うっ……！」

堪らず叔父の腕から手を離した瞬間、運転席から振り落とされて地面に叩きつけられる。

「い、たぁ……」

慌てて起き上がろうとした八千穂の目に、土壁の一部が崩れてくるのが飛び込んできた。咄嗟に、手で頭を覆って身体を丸くする。

そこへ、容赦なく土壁や瓦が降り注いだ。背中や腰、左足に激しい痛みが走り抜ける。

「うう……っ！」

痛みに苦悶の表情を浮かべる八千穂を見向きもせず、啓司はショベルカーで井戸へ向かった。

立ち上がって引き止めようと思うのに、腰から下が崩れた壁に挟まって身動きがとれない。瓦《が》礫《れき》を退けようにも、左肩に激痛が走って腕に力が入らなかった。溶けた雪と土で身体中はグショグショだ。

「誰か、おじさんを止めて……っ」

このまま、井戸が無残に掘り起こされるのを、黙って見ているしかないのだろうか。

「お願いだから、誰か――」

懸命に瓦礫から抜け出そうとしながら、頭に浮かんだ人の名を声の限り叫んだ。

「助けて……っ。蘇芳様――！」

そのとき、八千穂の頭上でまるで爆発音のような雷鳴が轟いた。さっきまで星が瞬いていた空が、一瞬にして暗雲で覆われる。

――まさか……。

信じられない想いで、八千穂は真っ暗な天を仰ぎ見た。

すると、いくつもの稲妻が走り、闇の中に赤い鱗をもつ龍の姿が浮かび上がった。

『八千穂……っ！』

「蘇芳様……」

待ちわびた声が頭の中で響く。

「どうして……。あんなに、具合が悪かったのに……」

八千穂は驚きと感動に、ただ声もなく龍を見上げた。蘇芳色の鱗に灰白色の鬣、そして、ガーネットを思わせる美しい瞳は間違いなく蘇芳だ。

蘇芳は大きな身体をくねらせると、まっすぐに八千穂を目指して降りてくる。

『八千穂、今……助けてやるからな……っ！』

地上近くまで降りてきた蘇芳が、尾と前肢を使って瓦礫を退けていく。八千穂を閉じ込めていた土壁の欠片が、みるみるうちに周囲へと弾き飛ばされた。

「蘇芳様、ありが……」

脇目も振らず八千穂を助け出そうとする蘇芳に、そう言いかけたときだった。

壁の一部を失った蔵がミシミシと音を立て揺れたかと思うと、すぐそばの土壁がボロボロと崩れ始めた。

「や、屋根が傾いて……」

ハッとして叫んだと同時に、足許で瓦が立て続けに割れる音が聞こえた。

「蘇芳様！　蔵が崩れる……。ぼくのことはいいから、離れて……っ」

痛みを堪えて声を張りあげた瞬間、圧迫されていた左足が不意に軽くなった。

『少しの間、我慢してくれ』

「え……っ」

脳内で声が響くのと同時に、鋭い鉤爪の生えた前肢が近づいてくる。

そうして蘇芳は四本の指で八千穂をそっと摑むと、一気に天高く舞い上がった。

ビュンッと、風を切る音と強烈な風圧に、堪らず顔を顰める。

直後、ドドド……という地響きと瓦が割れる音が、周囲にけたたましく響き渡った。

驚いて目を見開き、地上を見下ろすと、蔵が雪煙を上げて崩れ落ちる様子が飛び込んでくる。

衝撃的な光景に八千穂は顔を強張らせた。助け出されるのがほんの一瞬でも遅れていたら——

と思うと血の気が引く思いだ。

そのとき、井戸屋形の近くに、啓司が乗ったショベルカーの姿を捉えた。

『怪我をしているのだろう？　早く地上に降りて……』

心配そうに話しかける蘇芳の声を遮って、八千穂は鉤爪の間から身を乗り出す。

「それより、おじさんを止めないと……」

『アイツなら、心配ない』

蘇芳に言われて目を凝らすと、なぜかショベルカーは停止していて、その運転席には失神している啓司の姿があった。

「え……？」

いったい啓司の身に何があったのかと考えていると、蘇芳が大きな顔を八千穂に向けた。

『おれの姿を見てえらく驚いていたぞ。一声吠えてやっただけであの様だ』

蘇芳の声には隠しきれない怒りが滲んでいる。

『八千穂をひどい目に遭わせたのだから、本当なら嚙み殺してやりたいくらいだったのに……』

まるで蘇芳の感情と連動するかのように、空に稲光が走り雷鳴が轟いた。

「そ、そんなことしないでください……っ」

たしかに、啓司の行動は許せるものではない。だからといって、罰として死を与えるなんてとんでもないと思った。

何よりも八千穂は、蘇芳に人を殺《あや》めて欲しくなかった。

『冗談だ、そんな顔をするな。八千穂』

八千穂の心情を見透かしたかのように、蘇芳が目を細める。

「……よかった」

ほっと胸を撫で下ろした八千穂だったが、またすぐに別の不安が首をもたげる。

「けど、清水さんたちが……」

これだけの騒動だ。きっとすぐにでも異変に気づいた清水たちが、裏庭に集まってくるに違いない。それに、啓司が目を覚ましたとき、蘇芳のことをどう説明すればいいのだろうか。

『お前はいつも人の心配ばかりだな……八千穂』

蘇芳が呆れたような声で告げる。

『結界を張ってあるから、ほかの人間にはいつもと変わらない景色が見えて――』

突然、声が途切れたかと思うと、蘇芳の身体がゆらゆらと木の葉のように揺れ始めた。そして、ゆっくりと地上へ降下していく。

「蘇芳様……っ？」

『す、まん……。しっかり、掴まっていろ……っ』

バランスを崩しつつも、蘇芳はしっかと八千穂を前肢で掴んで離さない。

そのとき、八千穂は蘇芳の身体が傷だらけになっていることに気づいた。

――鱗が……剝がれてる？

巨大な龍の身体を覆っている鱗があちこち剝がれて、その傷痕が赤く爛れている。

やがて蘇芳は崩れた蔵の前に八千穂をそっと下ろすと、自身もぐったりと身を横たえた。白い蛇腹を大きく動かし、苦しそうな呼吸を繰り返す。

「蘇芳様、この怪我は……？」

八千穂は左足を引き摺りながら蘇芳の顔に近づいた。大きく裂けた口から牙が覗いていたが、微塵も恐怖を感じない。

『お前が無事でよかった……』

わずかに目を開いた蘇芳の声が、八千穂の脳内で囁くように聞こえた。

「ぼくのことより、蘇芳様こそ……ひどい怪我じゃないですか！」

改めて蘇芳の身体をよく見ると、鱗が剝がれた部分は首のあたりからほぼ全身にわたっていた。あまりに痛々しい姿を目の当たりにして、八千穂の目に涙が滲む。一瞬、八千穂を助けるときに瓦礫で怪我をしたのかと思ったが、それにしては傷痕の範囲が広すぎる。

「……もしかしてずっと具合が悪かったのは、この怪我のせいだったんですか？」

はじめて龍の蘇芳と出会ったとき、その名と同じ蘇芳色の鱗が全身を覆っていた。美しい鱗がキラキラと輝いて、神々しさを覚えたのを昨日のことのように思い出す。

「いったい、どうしてこんなことに……？」

『……大丈夫、だ』

鱗を剝いだ傷痕がよほど痛むのだろう。言葉を発するたび、蘇芳は苦しそうに息を喘がせた。

『だ、から……心配、する……な』

巨大な龍の姿でも、蘇芳が微笑むのが分かった。

きっと霊力が足りないうえに怪我をしているからだろう。声には力がない。このまま地上に留まらせておくのは命にかかわるかもしれないと怖くなる。

そのとき、崩れずに残った蔵の壁の奥から青白い光が漏れ出ていることに気づいた。

「あそこ、何か……光ってませんか？」

ハッとして、身体が勝手に動いて駆け出してしまう。

『八……千穂っ、危険だ……』

蘇芳が呼び止めるのを無視して、八千穂は吸い寄せられるように不思議な光のもとへ急いだ。

――でも、蔵の裏はすぐ山になってたはず……。

疑問を抱きつつ蔵に近づき瓦礫を取り除いていくと、本来壁があるだろう位置に漆喰で塗られた片開きの小さな扉が現れた。蔵が崩れたときに衝撃を受けたせいだろう。扉はずれたように少し開いていて、光はそこから漏れ出ている。

「もしかして……」

まさか――という期待が、否が応でも湧き上がってくる。

『どうした……のだ、八千穂……？』

心配そうな蘇芳の掠れ声を聞きながら、緊張とともに扉を開く。

すると、扉の向こう側には、人が一人やっと通れるような穴がぽっかり口を開けていた。青みを帯びた不思議な光は、この奥から発しているらしい。

開かずの蔵に、裏山の洞穴へ続く入り口があったなんて、生まれてから一度も聞いたことがない。

八千穂は身を屈めると、そっと洞穴へと足を踏み入れた。

そうして、三メートルほども進んだだろうか。

「祠……？」

小さな祠がひっそりと祀られているのを見つけて、思わず声がこぼれる。

驚きと安堵、そして不安を胸に、八千穂はしっかりと手を合わせた。

「今まで素晴らしい水を恵んでくださり、本当にありがとうございました。そして、今日まできちんとお祀りできなかったこと、心からお詫びします」

数秒の間、祠を拝むと、八千穂はおずおずと祠の扉を開いた。

すると、一段と光が強まり、その奥から青白く輝く神鏡が現れた。神鏡は龍の彫刻が施された台座の上に祀られていて、大きさは直径三十センチあまりはあるだろう。青白い光はこの鏡から発せられていたのだ。

「もしかして、これが……龍王様の鱗？」

胸がひどく高鳴るのを感じながら手を伸ばすと、それは鏡ではなく、うっすらと向こう側が透けて見える、大きくて美しい鱗だった。

「こんなところに……あったなんて」

蘇芳が探し求めた、龍王の鱗だ。

「……早く蘇芳様に……っ」

八千穂の頭に、傷だらけの蘇芳の姿が浮かんだ。

祠に一礼すると、震える手でしっかりと鱗を摑んで踵を返す。そうして、息を切らしながら蘇芳のもとへ急いだ。

小さな扉を抜けて洞穴から飛び出すと同時に、ありったけの声で叫ぶ。足や肩の痛みなんて、すっかり忘れていた。

「蘇芳様……っ！　見てください。あったんです。蔵の奥から続く洞穴に……龍王様の鱗が！」

八千穂の呼びかけに、蘇芳が首をゆっくりともたげる。

『……ああ、本当……だ』

苦しげな声を発して、蘇芳は大きく深呼吸をした。そして、髭の生えた鼻先で八千穂が手にした鱗に触れる。

その瞬間、蘇芳の鱗が剝がれて赤剝けていた身体が閃光を放ったかと思うと、瞬く間に美しい蘇芳色の鱗で覆われていった。やがて、強烈な光が消えると、巨大な龍の姿はそこになく、見慣れた人の姿をした蘇芳が立っていた。

八千穂は驚きのあまり声も出せず、ただ茫然と立ち尽くす。

「どうした、そんな顔をして。……ああ、きれいな顔が泥だらけだ」

傷が癒え、霊力を取り戻した様子の蘇芳が、八千穂の頰を大きな手で優しく拭ってくれる。

「少しじっとしていろ。今、傷を治してやるから……」

蘇芳に言われるまま動かずにいると、ひんやりとした感覚が全身を走り抜けた。直後、肩や足、腰などの痛みが嘘のように消えていく。

「……すごい」

雪や泥で汚れた服や顔はそのままに、怪我だけがすっかり治っていた。

「どうだ？　まだどこか痛むか？」

蘇芳に問いかけられ、小さく首を振って答える。

「ありがとうございます。もう、大丈夫です。蘇芳様も元気になってよかったです。……あ、どうぞこれを――」

蘇芳に触れられた頬が熱くなるのを感じながら、八千穂は胸に抱えた龍王の鱗を差し出した。

「龍王様の鱗も見つかったし、これで天界に帰れますね。龍王様も、兄弟の龍神様たちも、きっと蘇芳様を認めてくれるはずですよ」

蘇芳の手に鱗を押しつけるように渡して、八千穂はにっこりと笑った。

これで、本当に井戸の水が再び湧き出ることはなくなるに違いない。蔵のみんなには申し訳ないと思ったが、きっと祖父が自分の立場でも、同じように鱗を返しただろうと思った。

「……八千穂、本当に鱗を失ってもいいのか？　酒造りができなくなるのだぞ？」

蘇芳が怒ったような顔で見つめる。

「いいんです。前にも言ったじゃないですか。約束はちゃんと守らないと。それに、ぼくは嬉しいんです。蘇芳様がやっと役目を果たせることが、本当に――」

不意に、八千穂は目頭が熱くなるのを感じた。嬉しいという気持ちに偽りはない。

「でも、もし叶うなら……ぼくを生贄として天界へ連れていってもらえませんか？　そしてもう一度、井戸の水を……」

身勝手なことを言っている自覚はあった。けれど、もしこの願いが叶えられたなら、蔵は潰れず、自分も役に立てる。

すると突然、蘇芳が怒気をあらわにして叫んだ。

「鱗が戻ったというのに、さらにお前を父上の生贄にだと……っ？　冗談でもそんなことを口にするな――っ！」

手にした鱗を高々と掲げたかと思うと、思いきり地面に叩きつけた。

八千穂の目の前で甲高く澄んだ音とともに、青白い欠片が四方に飛び散る。

「な……っ」

あまりに突然のことに、八千穂は声を失った。

蘇芳だけが、肩を怒らせてゼイゼイと息を荒らげる。

「何が、よかったですね……だ」

憮然とした表情で、蘇芳は髪を逆立てて喚く。

「父上の鱗を持ち帰れば、お前が言うように認めてもらえるかもしれない。だが、お前を生贄として連れ帰ったとしても、井戸水が戻る保証はない。だいたい……お前は夢を叶えられなくなるんだぞ？　それでいいのか？」

蘇芳は八千穂の肩を摑んでさらに続けた。

「そんなことになったら、たとえ天界で認められたとしても、生涯ずっと後悔の念に苛まれるに決まってる！　だったらいっそ、鱗は見つからなかったことにして、今までどおり……おれの鱗が尽きるまで井戸に放り込んでやったほうがいい」

「今……なんて言いました？」

八千穂はにわかに信じられず、鸚鵡返《おうむがえ》しに蘇芳を問いただした。

「鱗を、井戸に放り込んだって、本当ですか……？」

怒りに理性を失っているのか、蘇芳が悪びれるふうもなく頷く。

「……そうだ。毎日欠かさずに鱗を井戸に投げ込めば、井戸の水が涸れることはない。……父上のように永遠とはいかないが、八千穂が生きている間ならなんとかもつ……」

はじめて明かされる真実と蘇芳の想いに、八千穂は涙を堪えきれない。

「どうして、そんなことを……っ」

龍の姿になった蘇芳の赤剝けた痛々しい姿を思い出し、八千穂は言葉にならないたくさんの感情に身体を震わせた。温泉で見た赤く爛れた肌や、どれだけ精気を与えても、ぐったりして元気がなかったのは、鱗を井戸に投げ入れ続けたせいだったのだ。

八千穂は涙を流しながら地面に屈むと、割れた鱗の欠片を一つ一つ集め始めた。

「罰を与えられるならともかく、鱗を剝いで……水を涸れさせないようにするなんて……っ」

嗚咽を堪えようとしても、どうしても声が震える。

「ましてや、大切な鱗まで割ってしまったら……龍王様に認めてもらえませんよ」

「どうしてだ、八千穂？　おれはお前の笑った顔が見たくて……」

困惑の表情を浮かべる蘇芳を見上げ、八千穂はできるだけ淡々と告げた。

「龍王様に認められたい……。そう思って頑張ってきたことを、忘れてしまったんですか？」

静かに立ち上がると、八千穂は拾い集めた鱗の欠片を蘇芳の前に差し出した。

「それとも、割れてしまった鱗じゃ、龍王様は……あなたを認めてはくれませんか？」

「八千穂……」

涙で滲んだ視界で、赤い瞳が悲しげに揺れている。

「だったら、ぼくを生贄として連れていってください……」

「そんなことが、できるか……っ」

叱られた子供みたいに眉尻を下げた蘇芳が、嫌々と首を振る。

そのとき、空を覆っていた暗雲を切り裂いて、耳を劈く雷鳴が轟いた。

「ひっ……っ！」

上空で爆発が起こったかのような轟音と衝撃に、蘇芳が咄嗟に八千穂を抱き寄せる。

八千穂は逞しい腕の中、バリバリという雷鳴とともに雲が割れ、眩《まばゆ》い光が一閃するのを見た。

「まさか、そんな……っ」

すぐそばで、動揺に上擦った蘇芳の声が聞こえた。

どうしたのかと見上げると、蘇芳は瞠目《どうもく》して八千穂の後ろを凝視している。

「な……ぜ、ここに――」

小さく身じろぎして肩越しに振り向こうとした瞬間、背後から厚みのある低い声が聞こえた。

「まったく、我が子ながら愚かなことを……」

「申し訳ありません……。父上」

「……え？」

蘇芳が呟いた言葉に、ハッとする。慌てて振り向いた八千穂の目に飛び込んできたのは、眩い銀髪に碧眼《へきがん》の美丈夫だ。髪と瞳、そしてツノや肌の色は違うが、顔は鏡に映したみたいに蘇芳と瓜二つだった。

この恐ろしいほどの威圧感と美しさをたたえた男が、蘇芳の父――すなわち龍王なのだ。

そう察したと同時に、八千穂は蘇芳の腕を振り払って深々と頭を下げた。

「祠と鱗のこと、本当に申し訳ありません……」

そうして、おずおずと割れてしまった龍王の鱗の欠片を差し出す。

「そなた、安龍の家の者か？」

圧倒的な風格を漂わせる龍王に問いかけられ、背中に冷や汗が流れる。

「は、はい……そうです」

頭を下げたまま答えると、龍王がうすく笑ったような気配を感じた。

そして、次の瞬間、八千穂の手の上から鱗の欠片が一瞬にして霧のように消えてしまった。

「う、鱗が……っ」

驚く八千穂に、龍王が静かに話しかける。

「我が名は龍王・銀鐵《ぎんてつ》。このたびは息子の蘇芳に我が鱗の回収を命じたのだが、どうにも心配でな。親馬鹿だと嗤《わら》われるかもしれんが、実はときおり様子を見ていたのだ」

「ち、父上……っ！」

「――え？」

思いもよらない告白に、八千穂は蘇芳と同時に驚きの声をあげた。

「この泉が涸れぬよう、夜な夜な鱗を剝いで井戸に投げ入れて、いったい、どうするつもりなのかと見守っていたのだが」

蘇芳は苦悶の表情を浮かべて項垂れていた。

「未熟なお前では、一、二枚の鱗を投げ入れたところで、一時しのぎにすぎぬ。しかも一日でも鱗を絶やすと水はすぐに涸れてしまう。失われた鱗は自身では二度と再生できないというのに、そこまでする理由はなんだ？」

龍王の問いかけに、蘇芳はぐっと唇を嚙んで答えなかった。

「しかも、我が鱗を割ってしまうとは……」

呆れた様子の龍王に、蘇芳は緊張に頰を強張らせて口を開いた。

「父上のお身体に障ると分かっていたのに、本当に……申し訳ありません。ですが、おれはすべて覚悟のうえで――」

「まったく……」

龍王は蘇芳を遮ると、予想に反して穏やかな微笑みを浮かべる。

「親子揃って、人間のために己を傷つけ、鱗を与えるとは……」

龍王の自嘲的な囁きを聞いて、八千穂は蘇芳が教えてくれた遠い昔の話を思い出した。

――そうだ。龍王様のおかげで、ぼくたちは今日までお酒を造ってこられたんだ……。

「龍王様……」

八千穂はスッと一歩前に踏み出して龍王に声をかけた。

「蘇芳様は悪くありません。知らなかったとはいえ、祠を放置して約束を守らなかったぼくたちが悪いんです」

龍王は澄んだアイスブルーの瞳でまっすぐ八千穂を見据え、黙って聞いている。

「どんな罰でも受けます。龍王様の鱗が割れてしまった今、生贄になっても構いません。だからどうか、蘇芳様を許してください」

「八千穂、駄目だ……っ」

蘇芳が八千穂の肩を摑んで制止しようとする。

けれど、八千穂は頑として聞き入れず、龍王をキッと睨み続けた。

「この泉が涸れ、代々の家業を失ってもよいというのか？」

龍王の問いかけに、揺るぎない覚悟とともに大きく頷く。

「それが……ぼくの先祖との約束だったのだから仕方がありません」

わざわざ自分の身を傷つけてまで人間を救おうとしてくれた龍王の想いを考えると、罰を与えられて当然だと八千穂は思う。

「さっき、鱗を失ったら自分では治せないっておっしゃいましたよね？　つまり、龍王様はそれだけの覚悟をして、鱗を授けてくださったんでしょう？」

八千穂が小首を傾げると、龍王が怪訝そうに細めた目で八千穂を睨んだ。水晶のように澄んだ瞳に見つめられると、そのまま吸い込まれてしまいそうだ。

小さくうんうんと頷いたかと思うと、ちらちと八千穂の背後に立つ蘇芳に目を向ける。

「この人間の理屈は分かった。……では蘇芳、お前はどうなのだ？」

言い逃れなど絶対に許されないような威圧感に、蘇芳が身体を緊張させるのが、肩に触れた掌から八千穂に伝わってくる。

「戻る気はありません」

「……えっ？」

思いもよらない言葉に、八千穂は耳を疑った。

「たとえ鱗を手に天界に戻り、父上やほかの兄弟たちに認められたとしても、きっとおれの心に空いた穴は埋まらない。居場所を得られはしないと分かったのです」

ほんの数分前まで、まるで蛇に睨まれた蛙のごとく、龍王の前で小さくなっていた蘇芳が、堂々とした態度で応える。赤い双眸で龍王を捉え、焼き尽くさんばかりに睨みつけた。

「おれはこの地に留まり、鱗が尽きるまでこの泉と……八千穂を守ると決めました」

肩を強く摑まれたかと思うと、次の瞬間、背後から蘇芳の胸にしっかり抱え込まれていた。

「す、蘇芳様……？」

「それは浅はかな考えだと、先ほど言ったばかりだろう」

龍王の言葉で、蘇芳が顔を引き攣らせる。

「お前が鱗をすべて投げ込んだところで、いずれこの泉は涸れる」

「それでも、八千穂が笑っていられるなら、構いません――っ」

予想だにしなかった蘇芳の言葉に、八千穂は混乱の只中にいた。愛しい人の腕の中、二人のやりとりをただ見守るしかできない。

「二度と天界に戻れなくなってもいいというのか……？」

「すべて覚悟のうえです」

きっぱりと言いきる蘇芳に、龍王はやれやれと首を左右に振る。

「蘇芳様、そんな……っ」

欠片ほどの迷いも見えない凛とした表情の蘇芳を振り仰ぎ、八千穂は唇を噛み締めた。そうしていないと、みっともなく声をあげて泣いてしまいそうだったからだ。

「そんな顔をするな。おれはお前の笑顔を見ていたい。……ただ、それだけなんだ」

目を細めてふうわりと微笑むと同時に、八千穂を抱き締める腕が頼りなく震える。

「八千穂が、好きなんだ」

「――っ」

予期していなかった告白に、八千穂は声を失う。嬉しさよりも、驚きのほうが何倍も強かった。

「お前がいない天界になど、未練はない――」

茫然とする八千穂を思いきり強く抱き締めて、蘇芳が囁くように告げる。

「まったく……頑固な奴だ。いったい誰に似たのか」

すると、龍王が苦笑交じりに溜息を吐き、音もなく蘇芳に近づいた。

「私が娘に与えたのは、たった一枚……。だが、お前はすべての鱗をこの者のために失う覚悟があるというのだな」

穏やかで慈愛に満ちた眼差しで蘇芳を見つめてさらに続ける。

「お前の鱗をすべて差し出せば、私が失った一枚分の鱗の代わりになり、古傷も癒えるだろう。それで、我が鱗を割ったことは不問にしてやる」

「……え？」

突然の提案に八千穂は目を瞠った。

蘇芳が驚きと疑念に眉を寄せながら、龍王に問い返す。

「泉の水は、どうなるのです？」

「ふたたび私が鱗を授けることはない。だが、どうしてもと言うのなら手立てはある」

「ど、どうすればいいのですか……っ！」

蘇芳が語気を鋭くして龍王に詰め寄った。

「龍神の証であるお前の龍玉《リユウギヨク》を我が鱗の代わりとして祠に祀れば、泉は涸れることはない。ただし――」

必死の形相で聞き入る蘇芳に、龍王が重々しい口調で尋ねた。

「蘇芳、お前の龍神としての霊力は失われ、ただの人間となってしまうが、それでもよいのか？」

「はい。八千穂とともに生きられるのです。惜しむことなど何もない」

蘇芳が晴れやかな表情で答えると、龍王がどこか寂しげな微笑みを浮かべた。

龍神とはいえ、やはり息子との別れはつらいのだろう。

「どうして、そこまでしてくださるんですか？」

八千穂が尋ねると、龍王は懐かしそうに目を細めた。

「そなたの心意気と蘇芳の覚悟、何よりそなたたちの自分よりも相手を思う深い情愛に、心を打たれた……ということにしておこう」

八千穂にそう言うと、ふたたび蘇芳と向き合った。

「未練はないな？」

龍王の問いに、蘇芳は無言で頷く。

次の瞬間、パリンという高く乾いた音が二度、あたりに響き渡った。

蘇芳の赤いツノを、龍王が躊躇なく二本、立て続けに折ったのだ。

続けて、赤い閃光が走り抜けた。

あまりの眩しさに、八千穂は顔の前に手をかざす。

すると目の前で、その閃光が蘇芳を貫いた。

直後、蘇芳の身体から赤褐色をしたガラスの欠片のようなものが弾け飛ぶ。

「……これは？」

茫然として目を瞠る八千穂に、龍王が静かに答える。

「蘇芳の鱗だ」

まるで赤い雪のように鱗が舞い散る中、蘇芳は赤い光に包まれていた。その表情は八千穂からは分からない。

そこへ龍王が右手を差し出した。蘇芳の鱗が大きな掌に吸い寄せられたかと思うと、やがて直径十数センチほどの結晶へと変化していく。

「うむ……。美しい鱗だ」

少し寂しそうな微笑みとともに、龍王が蘇芳の鱗を見つめて囁いた。そして、ゆっくりと左手で蘇芳を包み込む赤い光に触れる。

すると不思議なことに、赤い光が人の形を象っていき、やがてツノを失った蘇芳が姿を現した。

「どうだ、人の身となった気分は？」

蘇芳に問いかける龍王の左手には、ガーネットを思わせる野球ボールほどの玉が握られている。

「……え？」

おどおどとして視線を泳がせつつ、蘇芳が八千穂に尋ねる。

「八千穂、おかしくは……ないか？」

「いいえ、蘇芳様。おかしいだなんて……。ただ、あまりにも変わってしまったので……」

目の前に立つ青年の姿に、八千穂は目を疑わずにいられない。

日焼けした健康的な肌に、墨を流したような艶やかな漆黒の髪。瞳の色も濃い茶褐色をしていて、龍神だった頃からは想像もつかない姿に変化していたからだ。

「これが、人の身体……？」

蘇芳自身も、己の変わり果てた姿に戸惑っている。両手を動かしながらしげしげと眺めたり、顔や頭に触れて不思議そうに目を瞬かせたりしていた。

「霊力を失って人になったのだから、姿も変わって当然であろう」

困惑する八千穂たちに、龍王が淡々とした口調で告げる。

「ただ、額の痣《あざ》は天界を追われた龍神の証として、生涯消えることはない」

龍王の言葉に、蘇芳が前髪を上げて額に触れる。すると、形のいい額の生え際あたりに、うっすらとケロイドのような傷痕が二つあった。

「お前はもう、空を舞うことはもちろん、雲や水を自在に操ることもできない。人間と同じように腹が減るし、身体を動かせば疲れ果て、泉の水や酒を飲んでも飢えは満たされない」

蘇芳の覚悟を確かめるように、龍王は静かに言った。

すると、蘇芳は顔を引き締め、毅然《きぜん》とした態度で言葉を返す。

「八千穂とともに生きられるのなら、この程度の痣や人としての苦労なんて、どうということはありません」

蘇芳の言葉すべてが、八千穂の胸にじわりと染みて、その愛の深さを思い知るばかりだ。

「そうか。これ以上は、何も言うまい。ただ――」

そう言うと、龍王は八千穂に赤い龍玉を差し出した。

「くれぐれも忘れるな。お前たちはこの地に湧く泉を代々にわたって守り続け、美味い酒を造り、毎日欠かさずこの玉に供えるのだ」

「はい――」

蘇芳の龍玉を受け取り、深々と頭を下げる。寛大すぎる措置に、感謝してもし足りない。

「龍王様、ありがとうございます。今度こそ、約束を守り続けます……」

八千穂の隣で蘇芳が肩を震わせる。

「父上っ、おれは……あなたに、認めてもらいたかった。……なのにっ」

その目には、涙がいっぱいに溜まっていた。龍王――父親を裏切る結果となってしまったことが心苦しいに違いない。

そんな蘇芳の肩を、龍王は何度も撫でてやりながら優しく語りかけた。

「龍神にとって天界を追われ、力を失うということは死よりも恐ろしい。この私ですら、そうだったのだ……」

息子を見つめる目には、慈愛と惜別の悲しみ、そして、ほんの少しの後悔が滲んで見えた。

「私はお前が羨ましい。ただ一人の愛する者のために、すべてを失う勇気があるのだからな。お前は私の……自慢の息子だ」

「ち、父上……っ」

蘇芳が涙を溢れさせるのを認めると同時に、八千穂も言葉にできない想いとともに涙した。

龍王の目から、瞳と同じ色の滴が一筋、伝い落ちる。

「蘇芳、お前は強い。だが、その強さを存分に発揮できるのは天界ではない」

蘇芳は言葉もなく、項垂れて嗚咽を漏らし続けている。

「居場所を、見つけたのであろう？」

龍王が、蘇芳を抱き寄せる。

「父上っ、おれは……っ」

泣きじゃくる蘇芳の背中を大きな掌でポンポンと叩いて、龍王は優しく囁いた。

「今回のことは……龍王としてではなく、父としてお前にしてやれる最後の餞別《せんべつ》だ」

そうして、ゆっくりと八千穂へ目を向ける。

「あの……本当に、いいんですか？　約束を守れなかったのに……」

龍王の気持ちは、言葉にならないくらい嬉しい。それと同時に、申し訳なくも思う。

「事情があったのであろう？　それに、我が息子にお前はずいぶんと尽くしてくれた……」

風もないのに、龍王の白銀の髪と衣装が激しく揺れてなびいた。

「だが今度こそ、一日たりとて、私との約束を忘れることは許さぬ。分かったな？」

「は、はいっ」

潤んだ瞳で微笑まれて、八千穂は慌てて涙を拭った。

――きっと、これからは何もかも、うまくいく気がする……。

龍王が笑みをたたえたまま、ふたたび蘇芳と向き合う。

「後悔はないな？」

「はい。ここが……八千穂のいる場所が、おれの居場所だから」

揺るぎない自信に溢れた言葉に、八千穂の胸に熱い何かが込み上げる。

「……そうか。では、私は立ち去るとしよう」

独り言のように呟いたかと思うと、次の瞬間、八千穂たちの目の前から龍王の姿が消えた。

それと同時に、黒い雲が空を覆い、大雨が降り始めた。そこかしこで雷鳴が轟く。

『さらばだ、蘇芳。そして、娘の血を受け継ぐ者』

雷とともに、龍王の声が空に響き渡った。

『龍玉を祀りたてること、くれぐれも怠るな——』

立ち込める雲を切り裂くように、白銀の龍が空高く悠々と昇っていく様子を、八千穂は蘇芳と静かに見上げた。

「父上、ありがとうございます……」

蘇芳は目許を赤く染めていたが、次々に降り注ぐ大粒の雨が、彼の涙を一瞬で洗い流していく。

八千穂もまた、心の中で龍王の温情に感謝した。

やがて龍王の姿が見えなくなると、あんなに激しく降っていた雨がすっきりと上がった。

暗雲などどこにもなく、冬晴れの空が広がっている。

「なあ、八千穂」

天を仰いだままの蘇芳に呼ばれ、八千穂はそっと横顔を見つめた。

「死ぬまで、お前のそばにいてもいいか？　いや、死んでも……一緒にいたい。どう言えば伝わるのか分からないんだ。ただ、お前が欲しくて……」

想いをうまく言葉にできないのだろう。空を見上げたまま唇をキュッと引き結ぶ様子を見ていると、八千穂はかえって冷静になれた。

「ぼくも、一緒にいて欲しいです。あなたのことが、好きだから」

人生ではじめての告白だ。心臓がうるさいくらいに騒いで、顔が熱くなる。

「好き？」

「はい」

にっこりと頷くと、蘇芳が口許を綻ばせた。

「ああ、おれもだ。だが、好き……よりももっとぴったりの言葉を知ってるぞ？」

ニヤリと笑って腰を屈めると、蘇芳は不意に顔を近づけてきた。

「愛してる。お前はおれのもので、おれは……一生お前のものだ」

「……っ！」

熱烈な愛の告白に一瞬、頭が真っ白になる。

その隙に、掠めるようにして唇を奪われた。

「……ふふ。人の姿になっても、お前の甘さは変わらないな」

「ななっ……何、するんですかっ！」

羞恥と驚愕に、八千穂は堪らず叫び声をあげた。

そのとき、仕込み蔵のほうから歓声が聞こえてきた。

「……どうしたんだろう？」

蘇芳と顔を見合わせた瞬間、八千穂はぎょっとなった。しっかり抱きかかえていたはずの龍玉がいつの間にか消えていたのだ。

「蘇芳様、龍玉が……っ」

困惑する八千穂をよそに、蘇芳は落ち着いた様子で祠の入り口があった蔵を指差した。

「おそらく、父上の仕業だろう。ほら、見てみろ。蔵が――」

「え？」

振り返ると、崩れたはずの蔵が何事もなかったかのようにそこにあった。おまけに啓司の姿も見当たらず、ショベルカーまでもとの位置に戻っている。

――いったい、どうなっているんだ？

声を失って立ち尽くしていると、蘇芳がそっと肩を抱き寄せた。

「龍玉はおそらく祠に納められているに違いない。父上のやりそうなことだ……」

「……龍王様は、蘇芳様に似てとても優しい方なんですね」

「当然だ。おれの父上だぞ」

蘇芳が嬉しそうに言うのに、八千穂はクスッと笑った。

するとそこへ、歓声とともに数人の足音が近づいてきた。

「おーい、八千穂！　どこにいるんだ……！」

清水が大声で名前を呼ぶのに、八千穂は思わず蘇芳を見上げた。

「おれの霊力が消え失せ、父上が天界に戻ったせいで、結界が消滅したんだ」

蘇芳は平然としているが、八千穂は動揺を隠せない。

「え？　じゃあ、どうすればいいですか？」

これまで、蘇芳の姿は八千穂以外に見えなかったが、今は違う。人間となった蘇芳のことを、清水たちにどう説明すればいいのか分からなかった。

「おれは離れに戻る。あとのことは……まあ、おいおい考えればいいだろう」

八千穂に耳打ちすると、蘇芳は狩衣を翻して離れに向かって駆け出した。

そこへ、タイミングを見計らったかのように、入れ違いで清水たちが現れた。

「おお、八千穂！　やっぱりこっちにいたのか。聞いてくれ。井戸水が湧き出したらしくて、タンクが急に満タンになったんだ！」

満面に笑みを浮かべた清水が、蔵人を数人引き連れて叫びながら駆け寄ってくる。

「びっくりして、井戸の様子を見にきたんだが……」

八千穂が泥だらけになっているに気づいたのか、清水が足を止める。

「おい、慌ててすっ転びでもしたのか？　ビショビショじゃねぇか」

「ええ、まぁ……。それより、おじさんはどうしました？」

愛想笑いで誤魔化しつつ、啓司がどうしたのか尋ねてみる。

「ああ、あいつはついさっき、外で待たせてた家族と初日の出を拝みにいったぞ。水が戻ったって聞いて、『人騒がせにもほどがある』とか文句言いながら帰っていきやがった」

「そう……ですか」

啓司の身に何が起こったのか分からなかったが、きっと龍王が強大な霊力をもってすべてうまく取り計らってくれたに違いない。

――これからは何がなんでも、祠をしっかりお祀りしなきゃ……。

なぜだか分からないけれど、これからはいいことばかりが起こりそうな気がした。

本当にそうなることを祈りつつ、八千穂は静かに清水に声をかける。

「清水さん、いいお酒を……造りましょう」

八千穂は蔵を継ぐという想いをこれまで以上に強くしたのだった。

【六】


一月下旬のある日、八千穂は蘇芳に静かに揺り起こされた。

「八千穂、起きろ」

「え……?」

眠い目を擦って周囲を見回すが、まだ夜明け前なのか薄暗い。時計を確かめると、早朝の三時を過ぎたばかりだ。

「何か……あったんですか?」

急いで着替えながら蘇芳に問う。

「イワオがお前を呼んでこいって」

蘇芳は長かった黒髪をこざっぱり整え、グレーのトレーナーとジーンズ、そして龍乃川酒造の印半纏を身につけている。健康的に日焼けした肌と精悍な顔つきは、人となっても魅力的だ。

元日の騒ぎの数日後、八千穂は蘇芳を、酒造りに興味がある大学の先輩で、住み込みでアルバイトをしてもらうことになった……と蔵の皆に紹介した。

その前に数日をかけて、八千穂が一般常識と言葉遣いを教えたこともあって、少々不自然なのは否めないが、それなりに馴染んでいるようだ。

「イワオじゃなくて、清水さんか……せめて巌さんじゃない?」

なかなか蘇芳の言葉遣いは直らない。けれど、改めて蘇芳に年齢を尋ねたとき、龍神として百六十年あまりも生きてきたと知って八千穂は諦めつつある。

「イワオがいいって言うんだから、構わないだろ」

ここ数日、蘇芳は醪の管理を任されたため、蔵人部屋で寝起きしていた。

龍神だった頃、醪の異常に気づいた能力が今も残っているらしい。発酵具合や温度変化などを敏感に察知する蘇芳を、清水はずいぶんと気に入っているようだった。といっても、特別扱いしたりしない。ときに厳しく、ときには息子のように蘇芳に接し、自分の知識や経験を蘇芳に伝えようとしている。

重ね着をして印半纏を羽織ると、八千穂は蘇芳とともに蔵に向かった。

蘇芳と離れで暮らすようになって、もうすぐ一ヶ月になろうとしている。

「おう、八千穂。まだ早いのに悪かったな」

仕込み蔵に入ると、清水が最初に仕込んだタンクの前で蔵人頭と話をしていた。周囲には蔵人たちが勢揃いしている。

「おはようございます。……それで、何かあったんですか?」

やっとここまできたのに、何か不具合でもあったのかと不安が胸を過る。

しかし、返ってきたのは予想外の言葉だった。

「この一号タンクなんだが、今日搾ることにした。悪いがもう作業は始めさせてもらってる」

「え……？　でも昨日、初しぼりはあと二、三日様子を見るって……」

「初しぼり」とは、その年最初に仕込まれ、最初に搾られた新酒のことをいう。搾ってすぐにしかない味わいが楽しめるため、熱心な日本酒愛好家の中には、この「初しぼり」を求めてわざわざ地方から蔵元を訪ねる者もいるほどだ。

昨夜、清水の話を聞いて、八千穂は今日か明日、龍乃川酒造の「初しぼり」の告知を、ホームページやSNSでおこなうつもりでいた。それに、新酒が出来上がったことを知らせる杉玉もまだ製作途中だ。

「こんなに急だと、お客様への告知が……」

「宣伝が大事なことは分かるが、優先すべきは一番いいタイミングで酒を搾ることじゃねえか？」

清水に言われて、ハッとする。酒は生きものだ。人の都合に合わせることは、八千穂も本意でないとすぐ気づく。

「分かりました。杜氏の経験を信じます」

「よし。じゃあ、遠慮なくほかの作業も急がせる。それでだな、八千穂」

不意に、清水がいつになく真剣な顔で八千穂を見つめた。

「搾りました。はい、売りましょう……ってワケにはいかん。ウチの蔵のラベルを貼るに値するか、確かめる必要がある」

何が言いたいのだろうと思いつつ、清水の言葉に耳を傾ける。

「味見をしてくれるか。出来上がった酒を売り出すかどうか……。最終的な判断は今までも蔵元が下してきた」

「……いいんですか？」

「ああ、お前の舌はたしかだ。毎日お前の飯を食ってきたんだ。オレが保証する」

清水が満面の笑みで頷く。

「分かりました。……ありがとうございます」

清水が自分の舌を信じて、大事な判断を任せてくれたことが嬉しくて堪らない。

ふと隣を見れば、蘇芳が優しい笑顔で八千穂を見つめ、「よかったな」というようにゆっくりと頷いた。

八千穂は泣きたいのをぐっと我慢すると、井戸水で舌を清めてからタンクの酒を味見した。

「あ」

やや白濁した酒を口に含むと、軽く舌を刺激する炭酸と米のまろやかな味わいが口内に広がる。鼻腔から抜けていく風味はフルーティーで、これまでの龍乃川酒造の酒の中でも格別だと感じた。

「清水さん、すごく……いいです」

「ああ、そうだろう？　実は、先にちょっと舐めちまってたんだ」

そう言って舌を出し、清水が悪戯っ子のような笑みを浮かべる。

茶目っ気のある表情に、八千穂は胸がほっこりするのを感じた。

「清水さんのお墨付きなら、何も言うことはありません。作業を続けてください」

「よし、そうと決まれば善は急げだ。お前も知ってのとおり酒は生きてる。今日を逃すと味も風味も変わっちまうからな」

そう言うと、清水は集まっていた蔵人たちに、作業に戻るよう指示した。威勢のいい返事が仕込み蔵に響き渡り、揃いの印半纏を着た蔵人たちが持ち場へと散らばっていく。

蘇芳もその中に加わって作業を始めた。もうすっかり、龍乃川酒造の一員だ。

そのとき、清水がそっと近づいてきて、囁くように話しかける。

「大学を出たばっかりのお前が蔵元になった直後に社長が倒れて……連中も不安だらけだったんだがな。八千穂や啓司のおかげで、客の声が今まで以上に目に見えるようになっただろう？」

SNSやブログへの反応のことだろう。八千穂は年明けから、蔵人や事務員たちに客からのメッセージをプリントアウトして見せるようにしたのだ。

「自分たちの仕込んだ酒や仕事が認められたのが、嬉しくって仕方がねぇんだ。それもこれも、八千穂の……蔵元のおかげだって、口には出さねぇがみんなそう思ってる」

思ってもいなかった蔵人たちの気持ちを聞かされて、八千穂の胸に熱いものが込み上げた。

「たしかにまだまだ社長には及ばねぇが、八千穂……お前は立派な蔵元だ」

そう言って、清水が分厚い手で八千穂の肩を軽く叩く。

「……清水さん」

心のどこかでずっと欲していた言葉に、目頭がじわりと熱くなった。

「それとな、八千穂。今後、新しいことに挑戦してみたいんだ。原酒に力も入れたいし、もっと言えば精米や調合にももっとこだわっていきたい。……どう思う、蔵元？」

清水の情熱に、蔵元として応えたいと強く思う。

「分かりました。大賛成です。じゃあ、『初しぼり』もラベルを一新して売り出しましょう」

大きく頷くと、清水が皺だらけの顔をいっそう皺くちゃにして破顔した。

「よっしゃ！　おい、お前ら、八千穂が蔵元になって最初の酒だ。気ぃ抜くなよ！」

清水の号令で、早朝の蔵は一気に活気づく。数人の蔵人が、八千穂のほうを見て手を上げたり、笑いかけたりしてくれる。

これまで感じたことのない一体感が、八千穂を優しく包み込んだ。やっと蔵元として認められたような気がして、感動に胸が震える。

「……皆さん、ありがとうございます」

独り言のように呟くと、堪えきれずにぼろぼろと涙がこぼれ落ちた。

八千穂は気づかれないよう涙を拭うと、出来上がったばかりの酒を注いだぐい呑みを手に、仕込み蔵をあとにした。

そして、その足で裏山の洞穴にある祠に向かう。新たに龍玉を授かってすぐ、八千穂は開かずの蔵の鍵を付け替えた。そして、毎日欠かさずに酒を祠に供え続けている。

「龍王様、おかげさまでとてもいい酒が出来上がりました」

小さな祠に深々と頭を下げて報告をすると、逸る気持ちを抑えつつ事務所へ急ぐ。

そして事務所に駆け込むなり、ホームページとSNSを更新して「初しぼり」の告知をおこなった。続けて、勢いのまま啓司に新酒が出来上がったとメールを書く。

啓司とは、元旦以来、会っていなかった。仕事がかなり忙しいらしく、メールのやりとりも以前に増して素っ気なくなっている。出しゃばりで恩着せがましい叔父だが、会えないとなるとなんとなく寂しく思うのだから不思議だ。

――おじさんも喜んでくれるといいんだけど……。

送信ボタンをクリックしながら、ただそう祈る。

その後、急遽《きゅうきょ》、出勤してくれた事務員たちとともに、「初しぼり」の出荷準備にとりかかった。早朝の告知にもかかわらず、いくつかの卸先からはさっそく注文が入った。

そうして、すっかり夜が明けると、蔵人頭が年若い蔵人たちとともに、青々として香ばしい芳香を放つ大きな杉玉を抱えて母屋にやってきた。

「八千穂さん、杉玉、できましたよ。急拵《きゅうごしら》えにしては、いい出来じゃないすか？」

「ありがとうございます。じゃあ、表に飾りましょうか」

長屋門の軒下に深い緑色の杉玉が下げられる瞬間が、八千穂は大好きだった。

杉玉を取りつけていると、清水と蘇芳が瓶詰めされた新酒とぐい呑みを携えて現れた。

「おい、八千穂。瓶詰めが終わったぞ」

「今まで最高の出来だ。早く飲んでみろ、八千穂」

蘇芳がぐい呑みを差し出し、自信満々といった表情を浮かべる。

すると蘇芳の背中を、清水がいきなりバシッと叩いた。

「仕込んだのはお前じゃねぇだろ！」

「うっ！」

強烈な張り手に蘇芳が背を仰け反らせると、その場にいた全員が声をあげて笑った。

冷たく乾いた風が吹く中、澄んだ冬晴れの空を眺めながら、八千穂はそっと新酒を口に含む。

「あ、……すごく美味しい」

時間が経過したせいか、味見したときとは少し違った印象だ。最初に、「初しぼり」の特徴であるピリッとした刺激が舌に走る。続けて芳醇な甘い香りが口内から鼻腔へと広がり、なんともいえない幸せな余韻が残った。風味としては甘い印象だが、舌への刺激と喉越しの力強さから、辛口といって差し支えないだろう。

「ああ、オレもここ数年で一番の出来だと思う。搾りの時期がドンピシャだったんだ」

清水が嬉しそうに顔をクシャクシャにして笑う。

「なあ、八千穂。蘇芳はちょっと態度が偉そうだが、見込みが充分にある。どうだ、アルバイトなんて言ってねぇで、もうここに腰を据えちまえ！」

すると、ほかの蔵人たちも「そうしろ！」と声を揃えた。

「なんだ、おれは最初からそのつもりだったぞ？　なあ、八千穂」

何を今さら……とばかりに、蘇芳がムッとする。

八千穂は皆の笑顔を見つめつつ、もう一口、酒を口に含んだ。

——本当に、美味しい。じいちゃんにも、早く飲ませてあげたいなぁ。

脳梗塞という病を考えると、飲酒は難しいだろう。分かっていたが、そう願わずにいられない。

龍
龍乃川酒造
龍乃川酒造

そのとき、ジーンズの尻ポケットにしまっていたスマートフォンが激しく震えた。

スマートフォンを取り出し、液晶画面に浮かんだ文字を見てハッとなる。

「病院から……？」

緊急連絡は携帯電話あてにもらえるよう伝えていたのだ。

まさか……という不安と、もしかして……という期待で、胸がぎゅっと締めつけられる。

意を決して電話に出ると、聞き覚えのある看護師の明るく甲高い声が聞こえてきた。

『もしもし、安龍さんですか？　朝早くに申し訳ありません。栄一さんの意識が戻りました』

「……ほ、本当ですか？」

祖父の容体にはずっと進展が見られなかった。そのため、あまりに急な知らせを、八千穂はすぐには信じられなかった。

『今、担当の先生が診察中なんですが、すぐに、こちらにきていただくことは可能ですか？』

「は、はい。分かりました……。あ、あのっ……じいちゃん、意識が戻ったって……」

突然のことに頭が回らない。

「あとはオレたちに任せて、お前はすぐに病院へ行け。ぼんやりしてて危ねぇから、蘇芳、お前八千穂についていけ」


病院に着くと、担当医師の説明を受けてから面会を許された。

栄一の意識はしっかりしているものの、まだうまく声が出せない状態らしい。しかし、相手の話はきちんと聞き取れるということだった。ただ、長時間の面会は負担になるということで、十五分ほどで切り上げるよう注意された。

「じいちゃん、入るよ？」

軽くノックをして病室に入ると、そっとベッドへ歩み寄る。

「……ち、ほ」

すると、少しだけ上体を起こしたベッドの上で、栄一が嗄れた声で八千穂を呼んだ。

「じいちゃん……っ！」

落ち窪んだ小さな瞳と目が合った瞬間、八千穂は思わず声をあげて祖父に駆け寄った。そして、すっかり小さくなった身体をそっと抱き締める。

「よかった……。本当に、よかった……」

「うん、うん……。し……ぱい、かけた……な」

栄一がうっすらと涙をたたえて再会を喜ぶ。

「あのね、じいちゃん。今日、初しぼりの日だったんだ」

「……でき、たのか？」

一瞬、栄一が虚を衝かれたように顔色を失う。

「今年はすごくいい出来になりそうなんだ。実は啓司おじさんが営業を手伝ってくれてね……」

「けぃ……じが？」

「うん。ぼくもたくさんの人にうちのお酒を飲んでもらえるようにもっと頑張る。だからじいちゃんも、元気になって早く帰ってきてね」

喜びよりも驚きのほうが大きいような態度の栄一に、八千穂は笑顔で告げた。

「……それと、じいちゃんに紹介したい人がいるんだ」

祖父に断りを入れると、八千穂は病室の外で待っていた蘇芳を呼んだ。

「蘇芳さんといって、うちにとても関わりのある人なんだ……」

できるなら、好きな人——と紹介したかったけれど、それはまだ早いと分かっている。

「えっと、じいちゃん。びっくりしないで、落ち着いて聞いて欲しいんだけど」

栄一を驚かせたり、自分を責めたりしないようにと、精一杯に言葉を選び、気遣いをもって説明する。

「蘇芳さんは……龍王様の鱗を取り戻しにきた、龍神様なんだ」

「——あ」

愕然となる栄一に、すかさず蘇芳が近づいて、震える細い肩に手を添えた。

「大丈夫だ。安心しろ。龍王はすべてお許しくださった。これからは新たに授かった玉を祠に祀って酒を供え、子々孫々まで大切にすると約束した」

「そう、か」

ホッとしてカクンと項垂れる祖父の肩を、蘇芳が優しく撫でてくれるのを眺めながら、八千穂は静かにこれまであったことの顛末《てんまつ》を話し始めた。

栄一が倒れてから、井戸水の味が変わり、だんだんと減っていったこと。

蘇芳が龍王の命を受けて、鱗を取り返しにきたこと。

けれど、八千穂のために自分の身を傷つけて、水と蔵を守ってくれたこと――。

蘇芳の優しさと覚悟を認めた龍王が、新たに蘇芳の龍玉をもって泉を授けてくれたこと。

掻い摘まんで説明するうち、八千穂は祖父が涙を流していることに気づいた。

「ありが……とうございい……ます。蘇芳様……あなたのおかげで……蔵を潰さずに……済んだ」

栄一は祠の存在は蔵を継ぐ者にしか教えてはならない決まりになっていること、本当は仕込みが始まる頃合いに八千穂に話すつもりでいたことを途切れ途切れに話した。

短い時間ではそれ以上話すことはできなかったけれど、これで祖父も安心して療養に専念できるだろう。

――今度はおじさんと一緒にお見舞いにこよう。

営業活動だけでなく、家族や親戚として交流を深めていけば、きっと啓司とのわだかまりも解け、龍乃川酒造にもっと顔を出してくれるようになるだろう。

そう思いつつ、八千穂は蘇芳と病院をあとにしたのだった。


月日は流れ、龍乃川酒造の裏山を覆っていた雪もすっかり解けて、梅の花が盛りを迎えていた。

新酒の「初しぼり」を機に、啓司と相談して八千穂はメディアへの露出を控えるようになった。

八千穂の容姿や年齢だけで、龍乃川酒造のイメージが固まってしまうのを避けたかったからだ。

そのせいか、八千穂の心を苛んでいたインターネット上の誹謗中傷は徐々に減ってきていた。

だが、公式ホームページやブログ、ＳＮＳの更新は続けている。酒蔵の風景や酒造りに携わる人々の想いを伝えることで、より龍乃川酒造の酒を身近に感じてくれたら……と八千穂は願っていた。もちろん、物産展やイベントへの出展も継続するつもりだ。その際には、蔵人たちも連れていき、客と触れ合う機会をもって欲しいと考えている。

「もしかして、じいちゃんの意識が回復したのも、龍王様のおかげだったりします？」

この日、龍乃川酒造はほぼすべての酒を搾り終えることができた。このあとは新酒や生酒、搾りたてとして出荷する酒と、火入れをおこなってタンクに貯蔵する酒など、種類によって別々の工程をおこなう。火入れして貯蔵した酒は、半年後の秋に「冷やおろし」として出荷されるのだ。

「さあ、おれには分からないな」

軽自動車の助手席で、蘇芳はぼんやりと空を眺めつつ気のない返事をする。

「でも、そんな気がするんです。だって、龍王様が天に戻ってからいいことばかり続くなんて、出来すぎっていうか……。それに、病院の先生だって『奇跡に近い』って驚いていたし」

栄一の意識が戻ったのは、医学上においても稀有《けう》な症例だったらしい。

今季の搾り作業を終えた報告をするため、八千穂は蘇芳とともに病院の祖父を見舞った。

その帰りの車内で、蘇芳がポケットから赤い珊瑚のようにキラキラしたツノの欠片を取り出した。西に沈んでいく夕日に掲げて眺めつつ、面倒臭そうに溜息を吐く。

「明日は……辰の日か。ガキらの相手なんかしないで、八千穂とゆっくりしたいのに……」

愚痴を吐く蘇芳を横目に眺めつつ、八千穂はクスッと笑う。

「そう言いながら、あの子たちにお菓子やおもちゃを買い込んだのは、誰でしたっけ？」

龍王・銀鐵は天界へ戻る直前、八千穂たちに蘇芳のツノの欠片を残してくれていた。

『月に一度、最初に訪れる辰の日に、そのツノの欠片を金魚鉢に浸してやれ』

龍神としての霊力を失った蘇芳だったが、龍王の温情によって毎月一日だけ紅とクロを以前と同じように人の姿にすることができた。

八千穂が思うに、龍王は蘇芳が金魚たちに家族愛にも似た情を抱いていることに気づいていたのではないだろうか。そして紅とクロもまた、蘇芳に好意を寄せていると察していたに違いない。

「……金魚たちがうるさいからだ。別に……おれが好きで買ってるんじゃない」

蘇芳はそう言って否定するが、月に一度の逢瀬を楽しみにしていることは明らかだった。

もちろん、八千穂もあの愛くるしい金魚たちと過ごす時間を大切に思っている。

家に着いて軽自動車を停め、離れに向かって歩き出す。

「そういえば、蘇芳様……じゃなくて、蘇芳さん」

八千穂もまた、蘇芳への態度を改めようと努力していた。彼はもう、龍神様ではないのだ。

「龍王様のこと、理想……というか、ものすごく尊敬してたんじゃないですか？」

「……それは、当然だろう？　父上は完璧だからな」

蘇芳は急に何を言い出すのかと怪訝そうに首を傾げたが、すぐに嬉しそうに答える。

「やっぱり。言葉遣いとか態度がそっくりだなぁって思ったんです。もしかして、龍王様を真似てました？」

「な、何を……っ。そんなこと、もう忘れた！」

八千穂には素の姿を見せるのに、蔵人たちの前だとまだまだ龍神だった頃の癖が抜けきらない。照れ臭そうに顔を背ける蘇芳を見ていると、本当に龍王が――父親のことが大好きだったんだろうと思う。そもそも、龍王の信頼を得たくて、鱗を取り戻すためにやってきたのだ。

――けれど、ぼくのためにすべてを擲《なげう》ってくれた。

蘇芳の愛を改めて痛感する。そして、同時に、同じだけ……いや、それ以上の愛を返したいと思わずにいられなかった。

「そ、それより、八千穂。おれはもう腹が減って死にそうだ」

龍神と人間の身体の作りや習慣の違いを、蘇芳は戸惑いながらも受け入れ、慣れようとしている。しかし、どうにも空腹という感覚には、手を焼いている様子だった。

「はぁ？　お昼に親子丼の大盛りを二杯も食べたじゃないですか！　おやつだって！」

身体が大きいせいもあるのだろうが、蘇芳はひどい大食漢だった。しかも、どういうわけか八千穂の作ったものしか口にしないという我儘ぶりだ。

「違う、八千穂。おれが食いたいのは、お前だ」

離れの八千穂の部屋に入った途端、蘇芳がそう言って背後から抱き締めてきた。

「……っ！」

まったく想定外の蘇芳の行動に、思考が停止する。身体がカチコチに固まって、身じろぎすらできない。

「お前の精気を喰らったときのことを思い出すと、飢えよりも激しい何かがおれを突き動かすんだ。……なあ、八千穂」

右腕できつく八千穂の腰を抱えたまま、肩越しに顔を覗き込んできた。

「この……お前が欲しい、喰らいたいという気持ちは、いったいなんだ？」

「あ……」

振り仰いだ蘇芳の瞳が、あからさまな情欲に濡れていた。溢れんばかりの色香をたたえ、切なげに熱い息を吐く様子を目の当たりにした途端、蘇芳に触れられた記憶が蘇る。一方的に高められるだけ高められ、形のよい唇に嬲《なぶ》られ、幾度も精を放った。蘇芳に与えられた快感を思い出して、腰の奥がジンと疼く。

「頼む、八千穂……。どうすればいい？」

蘇芳は息を荒くして、八千穂の頸や耳朶《じだ》に軽く噛みつく。両手で忙しく八千穂の身体をまさぐり、ときおり尻に腰を押しつけてきた。

硬く勃起した股間の感覚に、八千穂はふと、いつだったか蘇芳が口にした台詞を思い出す。

『龍神は生殖活動を必要としないから、性衝動に駆られることもない』

——ああ、そうか。

劣情の熾火《おきび》を掻き立てられながら、合点する。蘇芳ははじめての性衝動に戸惑い、持て余しているのだろう。

「八千穂っ……、八千穂っ」

甘く掠れた声で名前を呼ばれるたび、八千穂の心臓が大きく跳ねた。

「すき、だ……。八千穂……あいしてる」

「蘇芳さ……まっ」

息ができないほどの強い抱擁に、首をそらせて喘ぐように答える。

すると、次の瞬間、乾いた唇を蘇芳に塞がれた。

「う、う……っ」

噛みつくようなキスに、八千穂は瞠目する。

蘇芳が人となったあのとき、掠めるように唇に触れられて以来のキスだった。

「ふっ……あ、ぅん」

激しく唇を吸われたかと思うと、熱を帯びた舌が口腔へと侵入してきて暴れ出す。

——ど、どうすれば、いいんだよぉ。

人となった蘇芳とのはじめての深い口づけだった。そのせいか八千穂はひどく緊張して、なされるがままに唇を貪られるばかり。呼吸の仕方も忘れてしまって、逞しい肩にしがみついて懸命に酸素を求めた。

それは、蘇芳も同じらしい。体内に溢れる劣情を解放できなくて、獣のように呻いた。

「ううっ……八千穂。はぁ、はぁ……駄目だ。胸が……腹が、苦しい。溢れる……っ」

本人も何を言っているか分かっていないのだろう。八千穂の唇を唾液まみれにしながら、熱い吐息とともに切なそうな声で囁いた。

「教えろ……八千穂。お前なら、知ってる……だろっ」

黒い真珠を思わせる瞳に間近で見つめられ、八千穂は泣きたくなった。

「そ、んなの……ぼくだって、知りませんよっ……」

童貞で、キスだって蘇芳とはじめてしたのに——なんて、口が裂けても言えない。

恨めしそうに睨み返しつつ、八千穂も興奮して昂《たかぶ》った身体を持て余していた。

精気を摂取するためだとか言って、平然と八千穂の性感を高めていたくせに、何を教えろというのか分からない。

「もぉ……蘇芳様の、好きに……してくださいっ！」

なかば自棄糞《やけくそ》になって叫んだ直後、恐ろしい勢いで畳に押し倒された。

「うわぁ！」

後頭部を打ちつけると思ったが、蘇芳がしっかり支えてくれたおかげで、痛みを感じることはなかった。だが、急展開についていけなくて目が回りそうだ。

「すお……っ」

覆い被さった蘇芳に呼びかけようとしたが、ふたたび乱暴に口を塞がれてしまった。

「うーっ」

息苦しさと、恥ずかしさと、緊張で、なぜだか涙が目に滲んだ。ぎゅっと目を閉じて我慢するが、そうすると自分の心臓の音が馬鹿みたいに大きく聞こえてくる。

「はぁっ、八千穂……好きだ。くそ、自分のものにしてしまえば、もっと……気が楽になると思ったのに……っ」

蘇芳は唇を触れ合わせたまま、譫言のように呟いた。その間も、右手で八千穂の髪や頬、首筋を撫でたり、左手で脇腹や腰、太腿を摩ったりする。

「お前が悪い……っ。好きにしろ……なんて、どうなっても知らないからなっ」

吐き捨てるように言って、蘇芳は八千穂の閉じた瞼に口づけた。右と左、交互にやんわりと唇を押しつけては、しきりに鼻を鳴らしては熱い息を吐く。

「お前は、どうしてこう……いい匂いがするんだ?」

「……っ」

顳顬あたりで囁かれて、トクンと心臓が高鳴った。堪らず、八千穂は蘇芳の背中に両腕をまわしてしがみつく。

その瞬間、腕や手に触れた感触に違和感を覚えた。うっすら目を開くと、いつの間にか蘇芳は上半身、裸になっている。

「え、ええ……っ?　い、いつの間に……」

健康的な褐色の肌に、適度に発達した肩や胸、腕の筋肉を目の当たりにして、胸を突き破りそうな勢いで心臓が飛び跳ねる。

考えてみれば、蘇芳の裸を正面から見るのははじめてだった。着替えや温泉にいったときも、八千穂は気恥ずかしくていつも目をそらしていた。

自分の貧相な身体とはまるで違う扇情《せんじよう》的な体軀に、脳の奥が痺れたようになった。

「お前も、脱げ……」

何も知らないような口ぶりだったくせに、蘇芳は慣れた手つきで八千穂の服を剝いでいく。その合間も、隙を見つけては唇や頰以外の場所に口づけを落とした。

「あっ……も、よけぃな……こと、しないで……っ」

胸や脇腹、腕の内側など、他人に触れられたことのない場所にキスをされて、恥ずかしいというよりいたたまれない気持ちになる。

「どうしてだ？　接吻してやると、八千穂は気持ちよさそうに啼《な》くくせに」

言いながら、蘇芳はジーンズの前を寛げた。そして、八千穂の腰を強引に浮かせたかと思うと、下着とともに一気に膝まで引き下ろす。

「ひぁ……っ！」

慌てて膝を合わせようとしても、蘇芳に邪魔されてしまう。

「ほら、分かるだろ？　もう滴を垂らして、気持ちよさそうに硬くなってる」

蘇芳は八千穂の腹を唇で撫でながら、意地悪く囁いた。左手では焦らすように、内腿をそろそろと撫でている。

「や、やめ……っ」

「好きにしていいと言っただろ？　それに、こんなに美味そうな八千穂を前にして、今さら……

やめられるわけがないだろっ！」

上擦った声で口早に言うと、蘇芳はいきなり八千穂の臍《へそ》に舌先を突っ込んだ。

「んあぁ……っ！」

――なんで、そんなとこ……っ！

予測不能な蘇芳の行動に、八千穂は堪らず摑んだ肩に爪を立てた。

しかし、蘇芳はまるで気にするふうもなく、しばらく臍の穴を舌先でほじくり続ける。そうして、満足したのか、そのまま舌を下腹部へと滑らせていった。

「あっ」

と八千穂が反応したときには、勃起した性器を蘇芳に咥《くわ》え込まれていた。

「んっ……」

鼻から抜ける蘇芳の甘い声を遠く聞きながら、八千穂は鮮烈な快感に身も世もなく喘いだ。

「や、そんなとこ……お風呂、まだなのに、舐めなっ……」

畳に後頭部を擦りつけて抗ったところで、蘇芳はまるで聞く耳をもたない。

「もう、何度もしてやったのに、今になって嫌がるな」

右手で八千穂の胸をまさぐりつつ、左手で尻を揉みしだき、ズルズルと淫靡《いんび》な音を立てて口淫を続ける。

「それにしても……お前の身体はどこもかしこも甘くて、いったい、どうなっているんだ？」

感嘆の溜息を漏らして、蘇芳は音を立てて舌舐めずりをした。

タイミング悪く、ぼんやり目を開けていた八千穂は、蘇芳の妖艶な仕草を思いがけず目撃してしまった。

途端に、腰の奥で何かが爆《は》ぜたかと思うと、全身にさざ波のように快感が走り抜ける。

「あ……っ」

吐息交じりの喘ぎとともに、股間がじわりと熱くなり、直後、八千穂は自覚する間もなく絶頂を迎えた。足をピンと突っ張って、蘇芳の盛り上がった肩を摑んだまま、腰だけを何度も震わせて精を放つ。

「ん……ぅん」

蘇芳は小刻みに震える性器を咥えたまま、慣れた仕草で白濁を嚥下しているようだった。先端をやんわり吸いながら、小さな鈴口を舌で抉って残滓《ざんし》までも舐めとろうとする。

「ひっ……あ、あああっ」

射精した直後の性器――しかも、もっとも敏感な亀頭を執拗《しつよう》に責め立てられて、八千穂はわけも分からず啜り泣いた。恥ずかしいだけだったのが、ただただ、気持ちがよくて頭が変になる。

「ああ、どんな清水や酒より……八千穂の精が一番、美味い」

ようやく口を離すと、蘇芳がうっとりと呟いた。

「お前も気持ちよかったみたいだな」

八千穂の腰を抱え直し、妖艶な笑みをたたえて見下ろしてくる。

「し、らない……っ」

精気を与えるためだったときとは段違いの快感に圧倒されて、四肢に力が入らないうえに呂律がまわらない。蘇芳をきつく睨んでやりたいのに、震える唇でか弱く言い返すだけで精一杯だ。

「おれも、こんなに気が昂るのははじめてだ……。人間というのは、すごいな」

本気で感心しているのだろう。蘇芳は自分の言葉に頷きながら言った。

「でも、お前と一緒に気持ちよくなれるなら、悪くない」

嬉しそうに情欲にまみれた目を細めたかと思うと、抱えた八千穂の股間にふたたび顔を埋める。

「えっ？　ちょっと待って……」

腰を引いて逃げようと思っても、太く逞しい腕でしっかと下半身を抱えられて叶わない。

そうこうするうちに、蘇芳の舌が尻の窄まりに触れた。

「う、うそだぁ……っ」

幼い子供みたいな声をあげ、腕を伸ばして蘇芳の黒髪を摑んで引き剝がそうとする。

しかし、べろりと舌全体を使って窄まりや陰嚢の下を舐められると、腕の力が抜けてしまった。

結局、八千穂はさして抵抗もできないまま、蘇芳に尻を舐められ続けた。

「なあ、八千穂。お前、尻まで甘いんだな」

驚いたふうに呟いたかと思うと、蘇芳は尖らせた舌先を窄まりに捻じ込んでくる。同時に、舌の脇から別の何かが挿入された。

「な、なに……っ？」

違和感に困惑する八千穂だったが、蘇芳に左手で性器を握られて声を失う。

「んあっ……。もう、触らない……でっ」

言いながら、射精して果てた性器がすぐに硬くなるのを察して、恥ずかしさで死んでしまいたくなる。だが、その羞恥も、蘇芳に与えられる快感で一瞬にして消え去ってしまった。

「全部、おれのものにしたいんだ」

上擦った声が股間から聞こえる。恥ずかしくて見られないが、蘇芳がひどく興奮していることは充分に感じられた。

「なあ、人間が身体を繋ぎ合うのは、子をなすためだけじゃないんだろう?」

舌の感触がなくなると同時に、すんなりとした長いものが尻を掻き混ぜ始める。

そこではじめて、蘇芳が自分の尻を指でまさぐっているのだと気づいた。

「いんたーねっととかいうもので、見たんだ。……好きな者同士が、愛情を確かめるために、好きだって伝えるために……それと、お互いを所有する証に抱き合うって――」

――人がいない間に、何やってるんだよ……。

快感で意識が朦朧とする中、八千穂は心の中で苦笑した。

まだまだ龍神だった頃の癖が抜けない蘇芳だが、ゆっくりと人間の生活に馴染み始めているようでホッとする。

「何が、可笑しい?」

そのとき、蘇芳が低くくぐもった声を発した。

「ずいぶんと余裕だな?　おれが、はじめてだと思って馬鹿にしてるのか?」

八千穂の両腿の間から、鋭い視線を投げつけてくる。白い太腿が蘇芳の褐色の肌と相反して、ひどく淫猥《いんわい》な情景に見えた。

その中に、勃起して先走りを垂れ流す自分の性器を認めた瞬間、頭の中で何かがブツッと切れるような音が聞こえた。

「よ、余裕なんて……ないっ。ぼくだって、はじめてなんですよ！」

考えるより先に、言葉が口を衝いて出た。

「はじめて……？」

蘇芳がぼそりと漏らす。

「そうですよ！　あんな、精気を食わせろなんて言って、人の……大事なところ、好き放題にいじったくせに……。蘇芳様こそ……ぼくを揶揄ってるんじゃないんですか……っ！」

一気に捲し立てると、八千穂は自分の顔を両手で覆った。

「それは、本当か……八千穂？」

両足が大きく開かれると同時に、蘇芳の声が近くで聞こえる。もしかしなくても、腹にあたる熱くて硬くて、少し湿っているモノは、蘇芳の——だろう。

「……嘘なんか吐いてませんっ」

顔のすぐそばで、ふぅふぅという荒い呼吸音が聞こえる。触れていなくても、蘇芳の顔がすぐそこにあるのが分かった。

「そうか」

蘇芳はどことなく嬉しそうに呟くと、間髪を容れずに八千穂の腰をふたたび担ぎ上げた。

「え――っ」

驚いて顔から手を離した瞬間、尻にあの熱くて硬いモノをあてがわれる。腰を捻って逃げる隙などまったくない。

「ま、待って……っ」

蘇芳の逞しい体軀に見合ったアレを、いきなり突き立てられると思うと、恐怖で身が竦んだ。

「待たない。お前と違って、余裕なんかないんだ……」

言葉どおり、見上げた蘇芳は切羽詰まった様子で、肩を怒らせている。きりっとした眉をハの字にして、餌を前に「待て」と命じられた犬みたいな表情を浮かべていた。

「それに、八千穂のココはもう充分、やわらかい」

「で、でも……こんな、畳の上でなんて――」

情緒の欠片もない――と言おうとして、八千穂はハッと息を呑んだ。

「八千穂、お前が言ったんだ。好きにしていいって……」

蘇芳が八千穂を責めるような目で睨みつけ、掠れた声で詰《なじ》る。

「だから、好きにさせてもらう。布団は……次のときに敷いてやるから……っ」

言いながら、腰をぐん、と押しつけてきた。

「今は……、おれを受け入れてくれ――っ」

「あ、あ、あっ」

腹を抉るようにして、蘇芳が入ってくる。痛みはそれほどでもないが、息をするのがひどく難しかった。

「はっ……苦しっ、すお……さっ」

気忙しく挿入を急ぐ蘇芳を押しとどめようにも、声がうまく出なかった。

「はぁ、八千穂っ……ああ、すごい、なんだ……これはっ」

蘇芳はもう、無我夢中の様子だ。八千穂の腰を抱き寄せ、奥へ奥へと腰を揺する。激しい興奮のせいか、褐色の肌に覆われた全身を紅潮させ、大粒の汗を流していた。ときおり、喉仏を上下させて深呼吸する様が、なんとも色っぽくて堪らない。

「う、う……っ。も、お腹いっぱい……これ以上は、無理っ」

無意識に腹を撫でて訴えるが、我を失った蘇芳の耳に届かない。

「八千穂……っ」

切なげな声で叫んだかと思うと、激しく腰を揺すり始めた。

「ひぁ……っ！」

途端に、八千穂は味わったことのない快感に呑み込まれる。蘇芳の大きな性器で腹の奥を突かれるたび全身に電流が流れた。目の奥がチリチリと痺れ、身体中が性感帯になったような感覚に陥る。蘇芳の手や肌が触れた場所から、這うように快感が広がってくるのが堪らなかった。

「すお……さまっ」

名を呼ぶと、蘇芳が上体を倒してきてキスをくれた。そのまま肩に縋って抱き締めながら、八

千穂も蘇芳に口付けを返す。

「好き、だ。八千穂……お前が、ずっと……好きで、好きで……守ってやりたかった」

パンパンと小刻みに腰を打ちつけつつ、蘇芳が愛を告白する。乱れた黒髪が汗で額に張りついて、なんとも艶めかしい。

「ぼくも……あなたが、好きです」

涙を浮かべながら、八千穂はそっと蘇芳の額に唇を押しつけた。そこには、かつて龍神だった証の痣があった。赤い珊瑚を思わせるツノを、折られた傷痕だ。

「――八千穂っ」

次の瞬間、蘇芳が八千穂の名を呼びながら、熱い奔流《ほんりゅう》を放った。絶頂は長く続き、ビクビクと腰を震わせながら精を注ぎ込む。

「……あ、あっ」

八千穂もまた、蘇芳のぬくもりを実感しつつ、二度目の絶頂を極める。きつく、蘇芳の身体を抱き締め、何度も何度も「愛してる」と譫言みたいに繰り返した。

――この人は、ぼくのために……何もかもを捨ててくれた。

汗ばんだ額の傷痕を見つめていると、愛しさが募るばかり。

蘇芳が失ったもののかわりに、自分がたくさんの愛を捧げよう。

全身を蘇芳のぬくもりと愛に包み込まれながら、八千穂はそう心に誓ったのだった。

【エピローグ】

酒造りが一段落した四月上旬の辰の日。八千穂は蘇芳と金魚たちと一緒に花見に出かけた。龍乃川酒造の裏山に、お気に入りの花見スポットがあるのだ。

山の中腹にあるちょっとした広場に着くと、八千穂は持参したレジャーシートを満開のヤマザクラの下に広げた。

「わぁーい！　お花見なんてはじめてよ！」

「すごくいい眺めだねぇ！」

紅とクロが興奮して、レジャーシートの上を駆けまわる。

広場からは、蔵から麓の集落までがきれいに見渡せた。まるでモザイクのように木々の緑とヤマザクラの淡いピンクが山を彩り、集落では各家の庭でソメイヨシノなどが咲き誇っている。

「……花や景色を見ても、腹は膨れないだろう？」

レジャーシートに腰を下ろした蘇芳が、不満顔で文句を言う。

「蘇芳さんは花より団子派なんだ」

クスッと笑って風呂敷に包んだ重箱を開ける。早朝から一生懸命に作った花見弁当だ。甘い玉子焼きに、筍《たけのこ》とフキ、里芋の煮物、椎茸《しいたけ》の海老《えび》しんじょ揚げ、鰆《さわら》の西京《さいきよう》焼き、若鶏の唐揚げ、そして、赤ジソのふりかけを和えた小ぶりの丸いおにぎりには枝豆で彩りを添えた。デザートは定番の花見団子と八千穂の大好きな桜道明寺だ。

「……う、美味そうだな」

蘇芳が身を乗り出してゴクリと喉を鳴らす。

「八千穂、そっちのはなぁに？」

重箱とは別の、小さな弁当箱を手にした八千穂に紅が尋ねる。

「ああ、これはぼく専用の……納豆巻き！」

自然と口許が緩むのを感じながら、蓋を開けて中を見せてやる。

次の瞬間、蘇芳が顔を顰めて鼻を抓んだ。

「うっ……。な、なんだ、その臭いは……」

上体を仰け反らせて納豆巻きが詰まった弁当箱を睨みつけるのに、八千穂は唇を尖らせた。

「ひどいなぁ。ぼくの大好物なのに。……でも、そうなると思ったから、別にしたんですけどね」

酒造りが落ち着き、これまで我慢していた納豆がようやく解禁になった。花見に納豆巻きはちょっと合わない気がしたが、無事に新酒ができたお祝いと、自分へのご褒美に作ったのだ。

「ボク、食べてみたいな」

「あたしも！」

金魚たちは興味津々と言った様子で身を乗り出してくる。

「そう？　じゃあ、どうぞ召し上がれ」

弁当箱を差し出すと、二人は躊躇う様子もなく納豆巻きを手にした。

「よくそんな臭いものが口にできるな……」

蘇芳が嫌悪をあらわにしつつ、そっと重箱を自分の前に引き寄せる。井戸の水か酒しか口にしなかったのが嘘みたいに、人となった蘇芳はすっかり食いしん坊になっていた。

「じゃあ、蘇芳様には……こっちを——」

そんな蘇芳に、八千穂は保冷バッグに忍ばせていた「千代さくら」の生貯蔵酒を取り出した。

「さすが、八千穂はよく分かっているな」

蘇芳が途端に相好を崩し、八千穂の手から朱塗りの杯を受け取る。

「紅とクロはこっちね」

八千穂の提案で試作した甘酒を注いで二人に渡す。もちろん、ノンアルコールだ。

「じゃあ、乾杯しようか」

蘇芳、そして紅とクロと顔を見合わせ、手にした杯を捧げる。

「かんぱーい！」

澄み渡った春の空の下、言葉にできない幸福感が八千穂を優しく包む。

蘇芳と目が合うと、嬉しさと切なさが同時に込み上げてきた。

——この幸せが、ずっとずっと、続きますように……。

そう祈りつつ、八千穂は大好物の納豆巻きを一切れ、口に放り込む。

「そういえば、今度の週末、おじさんがまだ会ったことのないぼくの従兄弟をつれてくるって。

なんでも、酒造りに興味があるみたいで、見学させてやってくれって」

啓司はその後も、手の空いたときに営業活動を手伝ってくれていて、月に数度、蔵にも顔を見せるようになった。出しゃばりでお節介なところは相変わらずだが、啓司が不器用なりに龍乃川酒造を愛していることは、八千穂も充分理解している。

「ふーん。じゃあ、おれが蔵を案内してやろう」

「うん、そうしてくれると助かります」

春は、新酒の季節。仕込みを終えたといっても、まだまだ忙しい日々が続く。

「蘇芳さんがいてくれて、本当に……よかった」

ぽつりと漏らすと、助手席からすっと手が伸びてきて、頭をクシャクシャと撫でられた。

「おれも……お前に出会えて、よかった――」

赤い夕日を見るたび、八千穂は思い出す。

己の身体を傷つけながら八千穂を守ろうとしてくれた、優しい龍のことを……。

もう、あの姿には会えないけれど、隣にたしかなぬくもりを得た。

だから、寂しくはない。

――ねえ、蘇芳さん。ぼくは……本当にどんなあなたでも、大好きなんですよ。

声に出すと、絶対に調子づく。

だから、八千穂はそっと胸の中で、愛しい恋人に囁いたのだった。

あとがき

こんにちは、四ノ宮慶《しのみやけい》です。クロスノベルス様では二作目となります。初めましての方も、いつもお付き合いくださっている方も、今作を手にとってくださり本当にありがとうございます。

さて、今回のお話ですが、ずっとずっと温めてきたお話を、担当さんが拾い上げてくださったものです。

ご存知の方も多いと思いますが、私は日本酒が大好きで、いくつかお酒や酒造りに関わるプロットを提出してきました。それがようやく形になって、本当に嬉しく思っています。あれこれ調べて書き込みすぎた酒造に関する部分は、また別の機会にお披露目するとして、まずは今回たくさんの方にご協力いただいたので、この場をお借りしてお礼を……。

描写としてはほんの少しでしたが、医療関連についていつもアドバイスくださるH先生、今回もありがとうございました。

そして、もうずいぶんと前になってしまいましたが、M酒造様。蔵見学の際は大変お世話になり、また午前中から酔っぱらうほどの試飲をありがとうございました。やっとネタに活かすことができてホッとしています。

そして、前作に引き続き素晴らしいイラストでご助力くださった小山田《おやまだ》あみ先生。毎回、素っ頓狂な設定でご迷惑をおかけしてすみません。でもいつも本当にイメージ以上のキャラクターを描いてくださるのは流石だなぁとうっとりしています。今回も本当にありがとうございました。

最後に、担当さま。へこたれそうになるたび、ときに優しくときに厳しく叱咤してくださって、本当にありがとうございます。不甲斐ない私ですが、どうぞ今後もよろしくお願いします。

そして、この作品を読んでくださった読者さま。少しでも胸がキュンとなっていただけたなら、頑張った甲斐があったと思います。よろしければご感想などお聞かせくださいね。

個人的に日本酒はすっきり辛口が大好きですが、こってり純米ももちろん好きです。フルーティーな甘口も美味しいですよね。このお話で日本酒に興味をもってもらえたら……なんて思いつつ、またどこかでお会いできるよう、これからも頑張って参ります。

この度は、本当にありがとうございました。

四ノ宮慶

CROSS NOVELSをお買い上げいただき
ありがとうございます。
この本を読んだご意見・ご感想をお寄せください。

〒110-8625
東京都台東区東上野2-8-7　笠倉出版社
CROSS NOVELS 編集部
「四ノ宮 慶先生」係／「小山田あみ先生」係

CROSS NOVELS

龍神様と愛しのハニードロップ

著者

四ノ宮 慶

2020年10月23日　初版発行　検印廃止

発行者　笠倉伸夫
発行所　株式会社 笠倉出版社
〒110-8625　東京都台東区東上野2-8-7　笠倉ビル
[営業]TEL　0120-984-164
FAX　03-4355-1109
[編集]TEL　03-4355-1103
FAX　03-5846-3493
http://www.kasakura.co.jp/
振替口座　00130-9-75686
印刷　株式会社 光邦
装丁　斉藤麻実子〈Asanomi Graphic〉
ISBN 978-4-7730-6052-2
Printed in Japan

CROSS NOVELS